外国文学经典
Foreign Literature Classics

外国文学经典
Foreign Literature Classics

海明威小说精选

〔美〕欧内斯特·海明威 著　方华文 译
Ernest Hemingway

河南文艺出版社
·郑州·

"外国文学经典"丛书总序

　　壬辰年开春后不久,寒舍来了河南文艺出版社的两位来访者。近几年来,陋室门口一直张贴着"年老多病,谢绝来访"的奉告,但以热诚与执着而敲开了家门的来访者,亦偶尔有之,这次河南文艺出版社的两位就是一例。这是因为他们几年前出版过我的《浪漫弹指间》一书,说实话,该书的装帧与印制都很好,精良而雅致,陈列在北京各大书店的架子上,相当令人瞩目,比起名列前茅的出版社的制品,有过之而无不及。这次来访者中正有一位是我那本书的责编,虽说我们从未见过面,也从未通过话,总也算是故交老友吧,我岂能做"负义"之事?何况,他们两位特别郑重其事,还持有一位与我曾经有过愉快合作的长者屠岸先生的介绍信,我岂能不热情待客?

　　他们的来意很明确:河南文艺出版社过去不搞外国文学作品的出版,现今决心从头开始、白手起家,而且,不是零敲碎打地搞，而是要搞成一定的规模，一定的批量；不是随随便便草率地搞，而是要搞得郑重其事，搞出一定的品位。经过社内各方面各部门协同地反复考量与深入论证，决定推出一套"外国文学经典"丛书。为此，他们特来征求我的意见，特别是寻求我的帮助与支持。当然，他们还做了其他方面的准备，如聘请美术高手设计装帧与版式……

这便是我所知道的出版这套书最初的缘由。

全国的粮食大省，中华大地上的主要谷仓，现在要推出新的文化产品、精神食粮了，这是很令人瞩目的一件事。我认为，特别难能可贵的是他们的精神品位追求与人文热情，是他们进行开拓领地的勇气与坚挺自我价值观的执着精神。

众所周知，世界文学从荷马史诗至今，已经经历许多世纪的历史，积累下来无数具有恒久价值的作品与典籍。这些作品，是各个时代社会生活形象生动、色彩绚烂的图画，是各种生存条件下普通人发自灵魂深处的心声，是社会发展各个阶段人类群体的诉求与呼唤，这些作品承载着人类的美好愿望与社会理想，蕴含着丰富深邃的人文感情与人道关怀，所有这些，只要人类社会存在一天、发展一天，就具有无可辩驳的永恒价值。何况，这些典籍还凝聚着文学语言描绘的精湛技艺，可以给人提供无可比拟的高雅艺术享受。不言而喻，作为在文化修养上理应达到一定水平的现代人，饱读世界文学名著，是人生不可或缺的一课。

可以说,外国文学的出版,是一项具有全民意义的社会文化积累工程,是导向理想主义的思想启蒙工程,是造就艺术品位、培养艺术趣味的教化工程,是提供精神愉悦与阅读快感的服务工程,这就是在我国,特别是改革开放以来,外国文学读物一直受到广大公众热烈欢迎的原因,是外国文学出版一直得到高度重视、高度关注并在整个出版事业中占有较高位置与较大份额的原因。外国文学的编辑出版工作是一项令人刮目相看的事业,致力于出版外国文学作品而闻名的几家大出版社往往得到了更多的社会关注与文化推崇,在出版外国文学作品方面所取得的成功,不仅给这些出版社带来了很高的文化声誉,而且还伴有巨大的经济效益。河南文艺出版社这次进行新的开拓,必将给河南的出版事业带来新意,如果运作得好,也会带来文化与经济的双效益。

应该看到,2012 年毕竟不是改革开放伊始的 1978 年,社会条件与文化环境已经有了新的发展与变化,外国文学的出版在这些新变化面前必然遇到新的挑战与困难。举例说,当前一片书店倒闭声就是人们所未曾料想到的,书店是出版物面世的展台,更是销售流通的平台,书店纷纷倒闭,对出版业绝不至于是利好的消息。当然,传统的书店萎缩了,网上书籍销售的业务却火了起来。真正对外国文学出版形成冲击的是:物质主义文化的盛行与人文主义文化的滑坡。在社会的物质现实急速发展的某个阶段，物质主义文化与人文主义精神的失衡，是带有某种必然性的，在这样的阶段，现代人都很忙碌，可自主支配的时间有限，即使是要阅读求知，急于去读的书也多着呢！炒股的书、烹调的书、化妆美容的书、为出国要学的外文书，一时可顾不上世界文学名著，且不说还要为视听文化奉献出大量的时间呢。也正因为现代人生活节奏紧张忙碌，浮躁心理容易趋向粗俗低级的消遣休闲方式，媚俗文化、恶搞文化、搞笑文化、无厘头文化、"看图识字"文化等大行于道，颇有将经典高雅文化艺术趣味挤压在道旁之势。对于外国文学出版而言，以上这些社会因素都导致外国文学读者的锐减，导致社会人群对经典文学读物兴趣的淡化，具体来说，就是外国文学图书市场的萎缩，这对于外国文学出版事业的冲击是显而易见的。

正是在外国文学出版不甚兴旺、不甚景气的条件下，河南文艺出版社投身于这一个部类文化的出版，其热情是令人感动的，其勇气是令人钦佩的，既突显出了河南文艺出版社开拓进取的锐气，也突显出其坚挺经典文化价值观的执着精神。正是感于这种精神，我义不容辞地接受了他们对我的委托；也正是感于这种精神，我在译界的好些朋友闻讯后都纷纷献出了自己的高水平译品，而不计较稿费的高低与合同年限的长短。

虽然外国文学目前面临着一定的困窘，但远非已陷入背水一战的绝境,而仍然有希望在前方。首先是因为经典名著都如奇珍的瑰宝,其价值永世不会磨灭。事实上,它们已经经历了千百年的时间考验,甚至经历过黑暗的、强暴的摧残而顽强地流传下来,绵延不断如一道神泉之水,一直洗涤着、滋润着人类的精神与心灵,过去如此,现在如此,将来也如此,永远具有鲜活的生命力,足以使愚顽者开窍,使梦睡者苏醒,使沉沦者奋起,使浅薄者深化,使低迷者升华。对世人而言,修建了蓄水池,蓄了这神泉之水,永远会有灌溉心灵的无穷妙用,何况,我们的社会正处于蓬勃发展之中,我们的文化也必然经过一个由粗到精、由低级到高级、由平凡到经典的过程,在这个过程中,历史上存在过的那些文学艺术经典永远有着参照、借鉴、学习、鉴赏、传承的价值。拥有聚宝盆的人,建有神泉之水水库的人,其富足、其主动,是那些不拥有者、未建有者所远远不能比的。从这个意义上来说,河南文艺出版社在此刻决定开拓出版领域,致力于外国文学名著的出版,未尝不是有先见之明。

困顿犹在,愿景在前,现在要做的就是踏实努力,奋发前行,坚持不懈!

柳鸣九

步入七十九岁之际

目　录　　老人与海　　　/　1

老人与海

第一章

　　老人独自驾着小船在湾流①中捕鱼,已经有八十四天了,却一条鱼也没有捕到。头四十天里,倒是有一个男孩陪着他。可四十天之后,男孩的父母见没有捕到鱼,就说老人显而易见是"倒了血霉",意思是老人倒霉到了极点。男孩遵父母之命上了另一条船,头一个星期便捕到了三条大鱼。男孩见老人每天都空船而归,心里很不好受,总是走过去帮忙,帮他拿那盘绕在一起的鱼线、鱼钩、鱼叉以及挂在桅杆上的船帆。船帆上用面粉袋打了些补丁,挂在桅杆上,就像一面象征着"永远失败"的旗帜。

　　老人面容消瘦而憔悴,脖颈上布满了深深的皱纹。他的腮帮上有些褐斑,那是太阳在热带海面上反射的光线所引起的良性皮

---

　　① 此处指墨西哥湾的暖水流。

海明威小说精选

肤癌变现象,那褐斑从他脸的两侧一直蔓延下去。他的双手常用绳索拉大鱼,留下了刻得很深的伤疤。但是这些伤疤中没有一处是新的,一处处全都是昔日留下的,像无水无鱼的沙漠里的蚀岩那般古老。除了眼睛,他浑身上下都呈现出老态——那双眼却似海水般湛蓝,发出欢快和不服输的光泽。

"圣地亚哥,"他俩从小船停泊的地方攀上岸时,男孩对他说道,"我又能陪你出海了。我们家挣到了一点儿钱。"

老人教会了这男孩捕鱼,男孩爱他。

"不,"老人说,"你上的是一条好运船,就跟他们去吧。"

"你别忘了,有一回一连八十七天捕不到一条鱼,但在接下来的三个星期里,咱们每天都能捕到大鱼。"

"我记着呢,"老人说,"我清楚你并不是因为缺乏信心才离开我的。"

"是爸爸叫我离开的。我是孩子,必须听他的。"

"我明白,"老人说,"这是很正常的。"

"他是缺乏信心呀。"

"不错,"老人说,"可咱俩有信心,是不是?"

"是的,"男孩说,"我请你到露台饭馆去喝杯啤酒,然后一起把渔具送回家吧。"

"当然可以,"老人说,"捕鱼人一道喝酒解闷嘛。"

二人来到饭馆的露台上坐下，好几个渔夫拿老人开玩笑，老人却不气不恼。另几个年纪大些的渔夫望着他，为他感到难过。不过这种心情他们并没有流露出来，而是彬彬有礼地聊天，谈海流，描绘他们把鱼线下得有多深，还谈某段持续不断的好天气以及他们的所见所闻。此时，满载的渔船纷纷返回。渔夫们把捕到的枪鱼一条条剖开，整片儿排在两块木板上，每块木板的一端由两个人抬着，高一脚低一脚地送到收鱼站，在那里等冷藏车来把鱼运往哈瓦那的市场。捕到鲨鱼的人则把它们送到海湾另一侧的鲨鱼加工厂去，吊在滑轮上，除去肝脏，割掉鱼鳍，剥去鱼皮，把鱼肉切成一条一条的，以备腌制。

　　刮东风的时候，鲨鱼加工厂隔着海湾送来一股腥气味；但今天只飘来淡淡的一丝腥气，因为东风转向了北方，后来逐渐平息了。露台上环境宜人，阳光明媚。

　　"圣地亚哥。"男孩开口说道。

　　"哦。"老人应了一声。他手端酒杯，正在回忆多年前的往事。

　　"我去捕一些沙丁鱼给你明天用吧？"

　　"不用了。你打棒球去吧。我还能划得动船，洛盖里奥会给我撒网的。"

　　"我很想去。即使不能陪你捕鱼了，我也很想为你做点事儿。"

　　　　　　　　　　　　　　　海明威小说精选

"你请我喝啤酒就行了，"老人说，"你已经长大了。"

"你头一次带我出海，我有多大？"

"五岁。当时我把一条活蹦乱跳的大鱼拖上船，它差一点把船撞得粉碎，你也差一点送了命。还记得吗？"

"我记得鱼尾巴噼里啪啦胡乱拍打，船上的座板都给打断了，还有棍子打鱼的声音。我记得你一把将我推向了船头，那儿放着湿漉漉的鱼线卷儿。我感到整条船在颤抖，听到你啪啪地用棍子一个劲儿打鱼，那声音像砍树一样，我浑身上下都是甜丝丝的血腥味儿。"

"你真的记得那件事，还是我不久前刚跟你说过？"

"自打咱们头一回一起出海，什么事儿我都记得清清楚楚。"

老人用他那双常遭日晒而目光坚定的眼睛慈爱地望着他。

"如果你是我儿子，我就带你出海再赌一把，"他说，"可你是你爸爸和你妈妈的孩子，而且你现在随的又是一条好运船。"

"我去弄沙丁鱼来好吗？我还知道从哪儿可以搞到四条鱼饵。"

"我今天还剩下了一些鱼饵。我把它们放在箱子里用盐渍着呢。"

"让我给你弄四条新鲜的来吧。"

"那就一条吧。"老人说。他的希望和信心从没消失过，而现在又焕然一新,就像心头刮起了一阵清风一样。

"还是两条吧。"男孩说。

"好,就两条吧,"老人同意了,"你不是偷来的吧?"

"我倒愿意去偷,"男孩说,"不过这些是买来的。"

"谢谢你了。"老人说。他为人过于单纯,不知何时竟然达到这样谦卑的地步了。他心里倒是清楚自己十分谦卑,知道这并不丢脸,无损于真正的尊严。

"看这海流,明天一定会是个好日子。"他说。

"你打算上哪儿捕鱼?"男孩问道。

"往远处走,等转了风向再回头。我想天亮前就出发。"

"我想办法让我的船主也往远处走,"男孩说,"这样,如果你钓到了真正大个头的鱼,我们可以赶去帮你的忙。"

"他怕是不会愿意到很远的地方去。"

"不错,"男孩说,"不过我会看见一些他看不见的东西,比如说鸟儿之类的东西吧。我会说前方有条鲯鳅,哄他驾船去追赶。"

"他的视力那么差吗?"

"简直像个瞎子。"

"这可怪了,"老人说,"他又从没捕过海龟。只有捕那东西才伤眼睛呀。"

"你在莫斯基托海岸那儿捕了好多年海龟,你的视力还不照

　　海明威小说精选

样挺棒的。"

"我是个不同寻常的老头子。"

"可你现在还有力气对付一条真正大个头的鱼吗?"

"我想还可以吧。捕鱼处处讲究的是技巧。"

"咱们把东西拿回家去吧。"男孩说,"把东西送回去,我就可以拿上渔网,去撒网捕沙丁鱼了。"

他们从船上拿起捕鱼的家什。老人把桅杆扛上肩头,男孩拿的是鱼线木箱(箱子里的鱼线是棕色的,编织得很结实,盘绕在一起)、鱼钩和带杆子的鱼叉。盛鱼饵的箱子被藏在小船的船艄下面。船艄下还藏着根棍子——捕到大鱼,将其拖到船跟前,就用这根棍子降伏它们。谁也不会来偷老人的东西,不过他觉得还是把桅杆和那些沉甸甸的鱼线带回家去的好,因为露水会蚀坏这些东西。再说,尽管老人深信当地不会有人来偷他的东西,但他认为,把一只鱼钩和一根鱼叉留在船上实在是不必要的诱惑。

他们顺着大路一起走到老人的小窝棚,从敞开的门走进去。老人把缠绕着船帆的桅杆靠在墙上,男孩将木箱和其他家什搁在桅杆的旁边。桅杆之长差不多相当于只有一个单间的整个窝棚的长度。窝棚用大棕榈树上的那种被人戏称为"海鸟粪"的坚韧的苞壳筑成,里面有一张床、一张桌子、一把椅子和泥地上一处用木炭烧饭的地方。"海鸟粪"的纤维质特别结实,把它们一层一层展平再叠盖在一起,所筑成的墙壁呈棕褐色,墙上挂着一幅彩色的耶稣圣心图①和一幅科布莱②圣母图。这些都是他妻子的遗物。墙上一度挂着幅他妻子的着色照,但他把它取下来了,因为他看着照片觉得自己太孤单了。如今,那幅照片放在屋角处的搁板上,在他的一件干净衬衫下面。

"你吃什么饭呀?"男孩问。

"有锅黄米饭蒸鱼。要吃点吗?"

"不了。我回家去吃。要我给你生火吗?"

"不用了。过一会儿我自己生吧。或者干脆就吃冷饭算了。"

"我把渔网拿去好吗?"

"当然可以拿喽。"

其实窝棚里并没有什么渔网,男孩还记得他们是什么时候把渔网卖掉的。然而他们每天要扯一通这种臆想出来的事情。也没有什么黄米饭蒸鱼,这一点男孩心里也很清楚。

"八十五是个吉利的数字,"老人说,"你想不想看到我捕到一条去除了内脏后,净重一千多磅的鱼?"

"我拿渔网捞沙丁鱼去。你坐在门口晒太阳好吗?"

---

① 法国修女阿拉克克倡议崇拜耶稣的圣心,此信条在信奉天主教的国家中广为流传。

② 科布莱为古巴东南部一小镇,镇南小山上有科布莱圣母祠。

"好吧。我有张昨天的报纸，我来看看棒球赛的消息。"

男孩不知道"昨天的报纸"是否也是谎话。但是老人果真把报纸从床下取出来了。

"这是佩里科在杂货铺里给我的。"他解释说。

"我捕到沙丁鱼就回来。我要把你的鱼跟我的一起用冰镇着，明早可以分着用。等我回来后，你可以给我讲棒球比赛的情况。"

"扬基队不会输。"

"可恐怕克利夫兰印第安人队会赢。"

"相信扬基队吧，男孩。别忘了那位神通广大的迪马吉奥①。"

"我担心底特律老虎队会赢，也担心克利夫兰印第安人队。"

"你可小心点，要不然连辛辛那提红人队和芝加哥白短袜队，你都要担心啦。"

"你仔细看报，等我回来了给我讲。"

"你看去买张尾数为八十五的彩票怎么样？明天就是第八十五天了。"

"可以的，"男孩说，"不过，你上次的纪录是八十七天吧？"

① 迪马吉奥是渔夫的儿子，曾于 1936 年至 1951 年效力于扬基队。

"这种事情不会再有第二次了。你看能弄到一张尾数为八十五的彩票吗?"

"我可以去订一张。"

"订一张吧。得两块半。向谁去借这笔钱呢?"

"这个容易。我总能借到两块半的。"

"我想我大概也借得到。不过我不想借钱。第一步是借钱,下一步可就要行乞要饭喽。"

"身上穿得暖和点,老爷子,"男孩说,"别忘了,这可是九月天了。"

"正是捕捞大鱼的月份,"老人说,"在五月里,人人都能当个好渔夫,而九月则不然。"

"我要去捞沙丁鱼了。"男孩说。

男孩返回时,老人坐在椅子上睡着了,太阳已落山。男孩从床上拿来一条旧军毯,铺在椅背上,盖住了老人的双肩。老人的肩膀挺怪,年龄虽然很大了,肩膀却依然非常强健,脖子也依然结实壮硕。而且当老人睡着了,脑袋向前耷拉着的时候,脖子上的皱纹也不大明显了。他的衬衫上不知打了多少次补丁,看上去像他的船帆一样——这些补丁被阳光晒得褪成了许多深浅不同的颜色。老人的头部就显得非常苍老了,眼睛闭上,脸上便一点生气也没有了。报纸摊在他膝盖上,在晚风中,靠他一条胳臂压着才没被吹走。他脚上没穿鞋,打着赤脚。

男孩没惊动他,悄悄走了。等他回来时,老人仍酣睡未醒。

"醒一醒,老爷子。"男孩一边说,一边把一只手搭在老人的膝盖上。老人睁开眼睛,他的神志一时间仿佛正在从老远的地方回来一般。随后他莞尔一笑。

"搞到点什么?"他问。

"晚饭,"男孩说,"咱俩共进晚餐。"

"我不太饿。"

"听我的,吃吧。你可不能只打鱼,不吃饭呀。"

"我就是这么做的。"老人说着,站起身来,拿起报纸,把它折好,然后便动手折叠毯子。

"还是把毯子披在身上吧,"男孩说,"只要我活着,就决不让你饿着肚子去打鱼了。"

"这么说,祝你长寿,多保重自己哦。"老人说,"晚饭吃什么东西呢?"

"黑豆煮米饭、油炸香蕉,还有些炖菜。"

这些饭菜是男孩用双层金属饭盒从露台饭馆拿来的。他口袋里有两副刀叉和汤匙,每一副都用纸餐巾包着。

"这是谁给你的?"

"是马丁。那老板。"

"我得去谢谢他。"

"我已经谢过啦，"男孩说，"你用不着去谢他了。"

"捕到大鱼，我得把鱼肚子上的肉送给他，"老人说，"他这样看顾咱们，可不止一次了！"

"我想是这样吧。"

"除了鱼肚子上的肉以外，还得送一些别的给他。他对咱们太关心了。"

"他还送了两瓶啤酒。"

"我喜欢罐装的啤酒。"

"我知道。不过这是瓶装的，哈图埃牌啤酒。喝完我还得把空瓶子送回去。"

"太让你费心了，"老人说，"可以吃饭了吗？"

"我一直在等着你呢，"男孩轻声说，"不等你准备好，我是不愿打开饭盒的。"

"我准备好啦，"老人说，"我只需稍微洗一把就可以了。"

"你上哪儿去洗呢？"男孩心想，"村里的水管在大路边，离这儿隔着两条街。真该带些水过来，还有肥皂和干净的毛巾。我为什么这样粗心大意呢？我该再弄件衬衫和一件夹克衫来让他过冬……还要有一双什么鞋子，并且再给他弄条毯子来。"

"这炖菜棒极了。"老人说。

"给我讲讲棒球赛吧。"男孩请求他说。

"正如我所言,在美国联赛中,扬基队出尽了风头。"老人喜形于色地说。

"他们今天可是输了的。"男孩告诉他。

"那算不上什么,关键是伟大的迪马吉奥又重展风采了。"

"球队里其他人也很棒。"

"自然喽。不过他的确不同凡响。在另一个联赛中,拿布鲁克林队和费城队来说,我站在布鲁克林队一方。不过,我可没有忘记迪克·西斯勒①和他在那老公园里打出的漂亮球。"

"那可是顶顶漂亮的球。他是我见过的击球击得最远的球员。"

"你还记得他过去常来露台饭馆吗?我想带他一起出海捕鱼,却不敢开口。我让你去说,而你也不敢。"

"我记得。那可是大大的失策呀。他当时跟咱们一起出海就好啦。有那样的经历,一辈子都回味无穷啊。"

"我希望能和伟大的迪马吉奥一起去打鱼,"老人说,"大家都说他父亲就是个渔夫。也许他当初也像咱们这样穷,能够理解咱们。"

---

① 迪克·西斯勒 1948 年至 1951 年效力于费城队。

"伟大的西斯勒的爸爸可没过过穷日子,他爸爸像我这么大就在联赛里打球了。"

"我像你这么大,曾在一条船上当水手,扯满帆到了非洲,傍晚时分曾见狮子在海滩上游荡。"

"我知道。你跟我说起过。"

"现在聊非洲还是聊棒球赛?"

"我看还是聊棒球赛吧,"男孩说,"给我讲讲那个伟大的约翰·杰·麦格劳①的情况吧。"说话时,他把"杰"念成了"杰塔"。

"过去的那些日子,他有时候也到露台饭馆来。可是他只要酒一沾唇,就撒野,满口爆粗话,难以相处。他的心思全放在了棒球赛上,对赛马也尤为关心。至少,他衣袋里老揣着参赛马的名单,常听他在电话里提到一些马的名字。"

"他是个了不起的经理,"男孩说,"我爸爸认为他是最了不起的了。"

"那是因为他来这儿的次数最多,"老人说,"如果杜罗彻②还是每年来这儿,你爸爸就会认为他是最了不起的经理的。"

---

① 约翰·杰·麦格劳 1900 年年初至 1932 年任纽约巨人队的经理。
② 杜罗彻曾任布鲁克林道奇队的经理,1948 年至 1955 年任纽约巨人队的经理。

海明威小说精选

"说真的，谁是最了不起的经理，卢克①还是迈克·冈萨雷斯②?"

"我觉得他们不分上下。"

"要说最了不起的捕鱼人，那就是你了。"

"不。我知道有不少人比我强。"

"哪里的话!"男孩说，"好渔夫倒是很多，还有些是很了不起的。但顶尖的只有你一个。"

"谢谢你。你的夸奖叫我高兴。但愿不要碰上一条大得叫我对付不了的鱼，免得证明你夸错了人。"

"如果你仍像你说的那么强壮，就不会有你对付不了的鱼。"

"我也许不像我自以为的那样强壮了，"老人说，"可是捕鱼的诀窍我倒是懂得不少，而且有决心。"

"你该上床睡觉了，明天早晨要精神饱满。我把这些东西送回露台饭馆。"

"那么祝你晚安。明天早晨我去叫醒你。"

"你是我的闹钟哟。"男孩说。

"而我的闹钟是我的岁数，"老人说，"为什么老人醒得特别

---

① 卢克 1890 年出生于哈瓦那，曾效力于波士顿队、辛辛那提队、布鲁克林队和纽约巨人队。

② 迈克·冈萨雷斯曾任圣路易斯主教队的经理。

早？难道是要让白天长些吗？"

"这我不清楚，"男孩说，"我只知道年轻人睡觉迟，而且睡得死。"

"叫人起床这一点我可以记得住，"老人说，"到时候一定会去叫醒你的。"

"我不愿让船主人去叫我，显得好像我低他一等似的。"

"我懂。"

"祝你睡个好觉，老爷子。"

男孩走了。他们刚才吃饭的时候，桌子上没点灯，此时老人就脱了长裤，摸黑上了床。他把那张报纸塞在长裤里，将裤子卷起来当枕头。还有几张旧报纸放在弹簧床垫上，他用毛毯往身上一裹，躺在报纸上就睡了。

他不多久就睡熟了，梦见小时候见到过的非洲，梦见长长的金色海滩和白色海滩，那海滩白得刺人眼睛，还梦见高耸的海岬和褐色的大山。他如今每天夜里都梦见自己回到那道海岸边，听见海浪拍岸的隆隆吼声，看见土人驾船在海浪中穿行。睡梦里，他闻到甲板上柏油和油麻丝的气味，还闻到陆地上的晨风夹裹着的非洲气息。

通常一闻到陆地上的风，他就醒来，穿上衣裳去叫醒那男孩。然而今夜陆地风的气味来得太早，他在梦中知道时间尚早，就继

海明威小说精选

续做他的梦,梦见群岛的白色山峰高耸于海面上,随后梦见了加那利群岛那形形色色的港湾和锚地。

在他的梦乡里,不再有风暴、女人、大事件、大鱼、打架斗殴的场景和角力的场面,也不再有他妻子的影像。如今他只梦见一些他去过的地方和海滩上的狮子。那些狮子在暮色中像小猫一般嬉戏着,他爱它们,如同爱这男孩一样。这男孩从没出现在他的梦境里。此时一觉醒来,老人从敞开的门看看外边的月亮,摊开长裤穿上。他在窝棚外撒了泡尿,然后顺着大路走去叫醒男孩。清晨的寒气使他瑟瑟发抖。但他知道身子抖一抖也就暖和了,马上也就该划船了。

男孩住的房门虚掩着。他推开门,赤着脚片悄悄走了进去。男孩在外间的一张帆布床上熟睡,老人借着外面射进来的残月的光线,把他看得很清楚。他轻轻握住男孩的一只脚,直到男孩被弄醒了,转过脸来瞧了瞧他。老人点点头,男孩从床边椅子上拿起他的长裤,坐在床沿上把裤子穿上。老人走出门去,男孩跟在他背后,一副没睡醒的样子。

老人伸出胳臂搂住他的肩膀说:"对不起。"

"哪里的话!"男孩说,"男子汉就应该如此。"

他们顺着大路朝老人的窝棚走去,一路上见黑暗中有些打着赤脚的汉子在走动,扛着各自船上的桅杆。

到了老人的窝棚,男孩拿起盛在篮子里的鱼线卷儿,还有鱼叉和鱼钩,老人把绕着船帆的桅杆扛在肩上。

"想喝咖啡吗?"男孩问。

"咱们把东西放在船上,然后去喝一杯吧。"

他们的咖啡是在一个专供渔夫的早摊上喝的,用炼乳听充当杯子。

"你睡得怎么样,老爷子?"男孩问。虽然要彻底摆脱瞌睡仍很难,但他的意识已清醒了。

"睡得很好,马诺林,"老人说,"我今天信心十足。"

"我也一样,"男孩说,"现在我该去拿你和我用的沙丁鱼,还有给你的新鲜鱼饵了。我的那个船主,东西都是他自己拿的。他从来不要别人帮他拿。"

"咱俩之间就不一样了,"老人说,"你五岁时我就让你帮忙拿东西了。"

"我记得哩,"男孩说,"我马上就回来。你再喝杯咖啡吧。在这儿是可以赊账的。"

他说完走了,光着脚吧唧吧唧沿着珊瑚石铺就的路向贮存鱼饵的冷藏库走去。

老人慢慢地喝着咖啡。这是他一整天的饮食,他知道应该把它喝了。好久以来,吃饭使他感到厌烦,因此他从来不带饭食上

　　　　　　　海明威小说精选

船。他在小船的船头那儿放着一瓶水，一整天只需要喝这个就够了。

男孩拿着沙丁鱼和两份包在报纸里的鱼饵回来了。随后，二人顺着小径走向小船，脚下踩着满是鹅卵石的沙地。他们抬起小船，让它滑入水中。

"祝你好运，老爷子。"

"也祝你好运。"老人说。他把船桨的绳圈套在桨架上，身子朝前冲，抵消桨片在水中所遇到的阻力，在黑暗中徐徐划出港去。海滩别处也有其他船只在出海，老人只听见一片哗啦哗啦船桨浸水和划动的声音，却看不见人影，因为此刻月亮已掉到了山背后。

某条船上偶尔传来说话声，但大多数船都寂静无声，只有哗啦哗啦的划桨声。众渔船一出港口就分散开来，每一条驶向指望能找到鱼的那片海面。老人心里有数，认为这次一定要驶向远方，于是把陆地的气息抛在身后，向散发着清晨纯净气味的海洋深处划去。划过一处洋面，他看见有马尾藻在水中闪出磷光——渔夫们管这片水域叫"大井"，因为这儿的水深突然达到七百英寻。此处，海流冲击在海底深处的峭壁上，激起了漩涡，于是形形色色的鱼儿都蜂拥而来。此处有大量的海虾和作鱼饵用的小鱼。在水底最深处的岩洞里，有时会出现一群一群的鱿鱼，它们在夜间浮到靠近海面的地方，所有在附近游弋的鱼类都拿它们当美餐。

在黑暗中,老人可以感觉到早晨在姗姗而至。他划着划着,听见飞鱼出水时噗噗的震颤声,还有它们在黑暗中凌空飞翔时挺直的翅膀所发出的咝咝声。他非常喜爱飞鱼,把它们当作他在海洋上的主要朋友。他替鸟儿感到难过,尤其是那些柔弱的黑色小燕鸥,它们始终在飞翔,在觅食,但几乎从没觅到过食。他心想:"除了那些掠食鸟和强大的猛禽,其他的鸟类比人类日子要艰难。既然海洋环境这样残酷,为什么像海燕那样的鸟儿生来就如此纤弱和瘦小?海洋本性是仁慈并十分美丽的。然而她会一下子变得残酷无情,而且说变脸就变脸。这些在空中飞的鸟,冲入水里捉鱼,鸣叫声细小而悲哀——它们太柔弱,不适合这海洋环境。"

每想到海洋,他老是称她为 la mar①——这是渔夫们对海洋抱好感时用西班牙语对她的称呼。有时候,那些喜欢海洋的人也会说她的坏话,不过话语中总是把海洋当女性看待。有些较年轻的渔夫,捕鱼时用浮标当鱼线的浮子,在把鲨鱼肝卖了大价钱后置买了汽艇,他们把海洋叫 el mar②,将海洋视为男性。他们谈论起她时,拿她当作一个竞争者或是一个去处,甚至当作一个敌人。可老人总是把海洋当作女性,不管她是个愿意施恩于人还是不愿

① 西班牙语中 mar 意为"海洋",la 为阴性定冠词。
② 西班牙语中 el 为阳性定冠词。

奉献的女性;如果她做出离谱的事情或者邪恶的事情,他会觉得那是她身不由己。他心想,月亮能对海洋产生影响,就像月光能影响一个女人一样。

他缓缓划着桨,这对他说来并不吃力,因为他把划船的速度掌握得很好。除了水流偶尔搅起几个漩涡,海面平平展展的。他把三分之一的活儿都让海流替他干了。此时天开始放亮,他发现自己已把船划得很远,超出了之前的预期。

"我在'大井'这儿曾经捕过一个星期的鱼,却一无所获。"他心想,"今天我要换个地方,到有鲣鱼群和长鳍金枪鱼群的水域去,闹不定那儿有大鱼呢。"

天色大亮之前,他放出了一个个鱼饵,让船随着海流浮动。第一个鱼饵下沉到四十英寻的深处,第二个去了七十五英寻的深处,第三个和第四个在蓝色海水中分别去了一百英寻和一百二十五英寻的深处。每个鱼饵都是用小鱼制成的——鱼头朝下,鱼钩的钩尖藏在鱼腹里,扎好,用线缝结实;鱼钩凡是露出的部分(弯曲处以及带尖之处),外边都有新鲜的沙丁鱼做伪装。每条沙丁鱼都用钓钩穿过双眼,许多鱼串在突出的钢钩上就形成了个半环形。不管大鱼接触到钓钩的哪一部分,都有喷香而美味的沙丁鱼可吃。

男孩给了他两条新鲜的小金枪鱼,或者叫作长鳍金枪鱼。这两条鱼像铅锤般挂在那两根入水最深的鱼线上;在另外两根鱼线上,他分别挂上了一条大大的青鲹和一条黄色金银鱼——这两条鱼已被当鱼饵使用过,但依然完好,再加上一些鲜美的沙丁鱼为辅,更增加了它们的香味和吸引力。每根鱼线都如一支大铅笔那般粗,一端缠在一根青皮钓竿上,只要有鱼一拉或一碰鱼饵,钓竿就下垂。每根鱼线有两个四十英寻长的线卷,它们可以牢系在其他备用的线卷上,这样一来,如果用得着的话,一条鱼可以拉出长达三百多英寻的鱼线。

此时,老人紧盯着那三根挑出在小船一侧的钓竿,观察着动静,一边轻轻荡桨,让鱼线上下垂直,保持在适当的水底深处。天空亮亮堂堂,太阳随时会喷薄而出。

第二章

太阳从海上升起来了,光线淡淡的。老人可以看见海上还有一些别的渔船,船身低低地浮在水上,在靠近海岸的那片水域,随着海流排开。太阳变得亮闪闪的了,耀眼的阳光射在水面上。接着,太阳完全升了起来,平坦的海面把阳光反射到他眼睛里,使眼睛火辣辣地发痛,因此他划船时不敢朝太阳看。他低头看海水,

海明威小说精选

注视着那几根直直垂入黑魆魆深水区的鱼线。他的鱼线垂得比任何一个渔夫的鱼线都要直。这样，在黑魆魆的水流里，各个深度都有一个鱼饵守候在他所期待的地方，等着在附近游动的鱼来上钩。而别的渔夫让鱼线随波逐流，有时候鱼线垂入六十英寻的深处，他们却自以为是一百英寻呢。

老人心想："我设鱼饵讲究的是精确。只是我不再似以前那样幸运了。不过，谁说得准呢？也许今天会好运临头呢。每一天都是一个新的日子。走运当然是好。不过我倒注重设鱼饵的精确性。这样，运气来的时候，就从容了。"

太阳升起有两个小时了。他瞭望东方时，不再感到那么刺眼了。现在他的视野里只有三条船，低低的，远远的，在靠近海岸那边。

"我这一辈子，初升的太阳老是刺痛我的双眼，"他心想，"可我的眼还是好好的。傍晚时分，我可以直视太阳，那时眼前没有发黑的感觉。按说，阳光的强度傍晚时分强一些，但叫我眼痛的却是早晨的阳光。"

就在这时，他看见一只军舰鸟舒展开长长的黑翅膀在前方的天空中盘旋。它嗖地俯冲下来，斜着身子，双翅朝后缩，随后又凌空盘旋。

"它觅到食了，"老人大声说道，"它不光是寻找，而是有所收获。"

他一桨一桨划得又慢又稳,前往鸟儿盘旋的那块水域。他不慌不忙,让鱼线保持上下垂直的状态。不过,由于想利用军舰鸟引路,他稍微靠海流近了些,这在捕鱼方式上仍正确无误,船速却快了些。

军舰鸟在空中飞得高了些,又开始盘旋起来,双翅一动也不动。随即它嗖地猛冲下来。老人看见有飞鱼跃出海水,接着掠过海面拼命地逃奔。

"有鲯鳅,"老人叫出了声,"有大鲯鳅。"

他把双桨放在船上,从船头下面拿出一根细鱼线。鱼线上系着一段铁丝导线和一只中号钓钩。他把一条沙丁鱼鱼饵挂在上面,然后将鱼线从船舷那儿放下水去,把一端紧紧固定在船尾的一只环首螺栓上。随后,他在另一根鱼线上也安了鱼饵,缠起来放在船头的阴影里。他又开始荡桨划船,一边注视着那只此刻正在水面上低低飞掠的长翅膀黑鸟。

他看着看着,那鸟儿又朝下俯冲,为了这一动作,特地把翅膀朝后掠,然后唰唰猛烈地扇动一阵翅膀,追踪着飞鱼,却无果而终。老人可以看见水中的大鲯鳅也在追逐逃跑的鱼,所过之处使海波微泛。鲯鳅在凌空飞起的飞鱼身下破水而行,快速游动,在水里候着飞鱼落下。这群鲯鳅的数量好多啊,他想。它们严阵以待,分布得很广,飞鱼无路可逃。那只鸟却希望渺茫。飞鱼对它来说个头太大了,而且又飞得太快。

他看着飞鱼一再地从海里跃出,那只鸟儿的追逐却毫无效果。"这群鱼从我眼前溜跑了,"他心想,"它们游得太快,走得太远了。不过,说不定我能逮住一条掉队的,说不定我期盼的大鱼就在它们周围转悠呢。我的大鱼肯定就在跟前。"

陆地上空的云团此时高悬在那儿,像一座座山峰。海岸似一条绿色的长带,背后是些蓝灰色的小山丘。海水呈深蓝色,深得简直都发紫了。他低头看海水,见红色的浮游生物在深蓝色的水中浮动,使得洒在水里的阳光呈现奇异的光彩。他望望鱼线,看到它们一直没入水的深处看不见的地方。他很高兴看到这么多浮游生物,因为这说明有鱼可捕了。太阳此刻升得更高了,海水显得光怪陆离,说明天气晴朗,陆地上空的云团形状也说明了这一点。可是那只鸟儿此时几乎不见了踪影,水面上什么也看不见,只有几摊被太阳晒得发白的黄色马尾藻和一只紧靠着船舷浮动的水母。水母那胶质的浮囊是紫颜色的,外形跟普通的水母一样,此时呈彩虹色。它歪歪身子,然后又摆正位置,像个大气泡般高高兴兴地漂在水里,那致命的紫色长触须在水中拖在身后,长达一码。

"你这个污染海水的家伙①，"老人骂了一声，"王八蛋。"他轻轻荡着桨，从他坐的地方低头朝水中望去，看见一些颜色跟那些拖在水中的触须一样的小鱼，它们在触须与触须之间以及浮囊所投下的一小块阴影中游动着。水母身上的毒素对小鱼没有影响，但对人就不同了。老人捕鱼时，水母的一些触须会缠在鱼线上，触须上带着紫色黏液——中了毒，他的胳臂和手上就会出现红肿，有疼痛感，就像被毒葛或毒蔓感染了一样。而这种水母的毒素发作得很快，痛如身受鞭笞。

那些彩虹色的"大气泡"很漂亮，但它们却是大海里最具欺骗性的东西。老人最乐意看的是大海龟把这些水母当美餐。海龟一旦发现了它们，就从正面向它们进逼，然后闭上眼睛，全身藏入龟壳作掩护，把它们连同触须一并吃掉。老人喜欢观看海龟吃这种水母，也喜欢在风暴过后在海滩上遇到它们，喜欢听自己用长着老茧的硬脚掌踩在上面时它们砰的爆裂声。

他喜欢绿色的海龟和玳瑁，它们游水的姿势优美，速度很快，价值不菲。对于体形庞大、笨头笨脑的食肉巨龟，他有些瞧不起，却也心怀好感。这种龟的龟壳是黄色的，交配的方式很奇特，而把彩虹色水母当美餐时喜欢闭着眼睛吃。

---

① 原文是 Agua mala（西班牙语），意思是"污染海水"。

他驾船捕杀海龟有了些年头,觉得海龟并没有什么神秘的。他替所有的海龟难过,甚至那些跟小船一样长、重达一吨的大梭龟也让他恻然。人们大都对海龟残酷无情,把海龟杀死、剖开后,海龟的心脏还要跳动好几个小时。老人内心在想:"我也有这样一颗心脏,我的手脚也跟它们的一样。"为了使身子长力气,他吃白色的海龟蛋。他在五月份连吃了整整一个月,到了九月份和十月份就有充沛的精力捕捉真正的大鱼了。

他每天还喝上一杯鲨鱼肝油。那只盛肝油的大桶放在许多渔夫存渔具的棚屋里,不管是哪个渔夫,谁想舀着喝都可以。大多数渔夫讨厌肝油的味道,但再怎么也不会比摸黑起床的滋味差。喝喝肝油,对于预防一切伤风感冒都大有益处,对眼睛也很好。

老人此刻抬眼望去,看见那只鸟儿又在盘旋了。

"它找到鱼啦。"他不由叫了一声。这当儿,并无飞鱼冲出海面,也不见小鱼纷纷四处逃窜。然而老人望着望着,只见一条小金枪鱼跃到空中,一个转身,头朝下钻进水里。在阳光下,这条金枪鱼闪着银白色的光泽。等它回到了水里,又有些金枪鱼一条接着一条跃出水面,四面八方乱跳一气,搅得海水翻腾起来。它们追捕小鱼,一跃就是老远,绕着圈子,把小鱼朝一处驱赶。

"要不是它们游得这么快,我可以把船划进鱼群里。"老人心想。他眼看着金枪鱼群把海水搅得乱翻白沫。只见那只鸟俯冲下来，扎进惊慌失措被迫浮上海面的小鱼群中。

"这只鸟真是个好帮手！"老人说。就在此刻，船艄的那根踩在他脚下的鱼线绷紧了（他把鱼线绕了个环套在脚上）。他放下双桨，紧紧抓住鱼线，动手往回拉，感到上钩的小金枪鱼胡抖乱动，有点儿分量。他越往回拉，鱼线抖动得就越厉害，可以看见水里那蓝色的鱼背和金色的鱼身。于是他把鱼线呼地一甩，使鱼越过船舷，掉在船中。鱼儿躺在船艄的阳光下，身子结实，形状像颗子弹，一双痴呆的大眼睛傻瞪着，尾巴快速甩动，砰砰砰砰把船板拍得山响，生命在一点点耗尽。老人出于好意，猛击了一下它的头，一脚把它那还在抖动的身子踢到船艄背阴的地方。

"是条长鳍金枪鱼，"他自言自语道，"用来当鱼饵倒是相当棒，恐怕有十磅重哩。"

他独自一人时喜欢自言自语，这种习惯他记不清是从什么时候开始养成的了。在过去的那些岁月，他一个人待着的时候喜欢唱歌，有时候在巡海捕鱼或猎捕海龟他一人掌舵时夜里也唱。这种自言自语的习惯大概是在男孩离他而去，只剩他孤单单一人时才养成的吧。不过，究竟何时他已记不清了。他跟男孩一块儿捕鱼时，他们一般只在有必要时才说话。在夜里，或者碰到坏天气，被暴风雨困在海上的时候，二人倒是喜欢交谈聊天。出海时没有

　　海明威小说精选

必要就不说话,这被认为是优点。老人一贯持这种观点,并奉行始终如一。可现在,他心里想到什么便屡屡脱口说出,因为旁边没人,不会因此而干扰到任何人。

"要是别人听到我自言自语,会以为我疯了呢。"他出声地说道,"不过我没有发疯,也就不用管那一套了。有钱人在船上有收音机对他们把话儿说,把棒球赛的消息讲给他们听。"

"现在可不是记挂棒球赛的时候,"他心想,"现在只应该记挂一件事——我生下来就是为了这种事情。那个鱼群附近很可能有一条大家伙。那群捕食小鱼的金枪鱼,我只抓住了其中的一条落单的。可惜它们速度太快,已游远了。今天露出水面的鱼都游得飞快,都朝着东北方向直窜。难道今天运气如此吗? 要不然,这是一种我不了解的天气征兆?"

这当儿,那道绿色的海岸线已看不见了,只看得见那些青山的山峰,白花花的,像披着皑皑白雪,还看得见山峰上空的浮云,似高耸的雪山一般。

海水颜色深极了,阳光射在水中形成了一个个棱镜。由于红日高悬,那数不清的斑斑点点的浮游生物已看不清了,老人看得到的只有深深浸在蓝色海水里的巨大的"棱镜",以及他那垂直没入水中一英里深的鱼线。

渔夫们把所有这类鱼都叫金枪鱼,只有到了出售它们或者用它们换鱼饵时,才分别叫它们各自的专有名称。此时,这些鱼又钻进大海深处了。阳光热烘烘的,老人的脖颈上感到了阳光的热度。他摇着船桨,觉得脊背上汗水一个劲儿往下流淌。

"完全可以让船随意地漂,"他心想,"我睡上他一觉。把鱼线在脚趾上缠一圈,有情况我会醒的。不过,今天是第八十五天,我该好好钓他一天鱼。"

就在这时,他望了望鱼线,看见其中有一根高高挑起的绿色钓竿猛地往水中一沉。

"有情况,"他叫了一声,"有情况。"他轻轻放下船桨,小心翼翼地没让船桨碰到船体发出声响。然后伸手拽住鱼线,将鱼线轻轻夹在右手的拇指及食指之间。此时鱼线没有绷紧,也感觉不到分量,而他用手轻握,没有放松。情况又出现了! 这次,鱼线的扯动很舒缓,既不紧又不重,而他心里有数,知道是怎么样一种情况——在一百英寻的深处有条大马林鱼正在吃用来包裹钓钩尖端和钩身的沙丁鱼(那个手工制的钓钩是从一条小金枪鱼的头部穿出来的)。

老人右手轻巧地攥着鱼线,用左手把它从钓竿上轻轻地解下来。现在,他可以让鱼线在手指间滑动,而不会让鱼感到任何扯动的力量。

"这片水域远离海岸,又是这种月份,鱼的个头一定非常大。"

　　　　　　　海明威小说精选

他心想，"快吃鱼饵吧，大鱼啊。吃吧，快吃吧。这些鱼饵多新鲜！你身在六百英尺深的冷冰冰、黑黝黝的海水里，游上一圈，再拐回来把鱼饵吃掉吧。"

他感到微弱、轻轻的一扯，随后是更有力的一扯。八成是大鱼咬住了沙丁鱼，而沙丁鱼的头很难从钓钩上扯下来！再接下来就没有动静了。

"快吃呀！"老人说出了声，"游一圈再拐回来呀！闻闻这些鱼饵。难道它们不鲜美吗？美滋滋地把它们吃掉，再吃那条金枪鱼。这可是瓷实、冰冷、鲜美的鱼啊！别不好意思，大鱼啊。尽情地吃吧。"

他把鱼线夹在拇指和食指之间等待着，同时眼睛盯着这根鱼线以及另外的几根鱼线，因为大鱼或高或低说不定在哪个位置。随后，鱼线又轻轻扯动了一下。

"它会咬饵的，"老人说道，"上帝保佑，让它咬饵吧。"

但大鱼没有咬饵。它游走了。老人觉得一下子没了动静。

"它不可能游走的，"他说，"上天知道它是不可能游走的。它在兜圈子哩。也许它以前上过钩，还留有一些记忆。"

说着说着，他感到鱼线轻轻扯动了一下。这让他乐不可支。

"它刚才不过兜了个圈子，"他说，"它会咬饵的。"

鱼儿轻轻扯动鱼线的那种感觉让他高兴。随后，他感到鱼线一下变得沉甸甸的，其分量重得叫人无法相信——那是大鱼的分量。他松手让鱼线朝下溜，溜呀溜呀，把那两卷备用鱼线中的一卷都续上了。鱼线不断下沉，从他的指间滑过，虽然轻轻巧巧的，让他的拇指和食指几乎感觉不到压力，他却仍然能感受到鱼的巨大重量。

"好一条鱼呀！"他说道，"它在从侧面把鱼饵叼在嘴里，衔着鱼饵要游走了。"

"它会兜个圈，把鱼饵吞下去的。"他心想。他没有把这话说出声，因为他知道，一桩好事如果说破了，也许就不会发生了。他明白这是一条非常大的鱼，想象着它把金枪鱼横叼在嘴里，在黑暗中游走的情况。这时他觉得它停止不动了，可是鱼线的分量却没变。接着，那分量在不断加大。于是，他又放出了一些鱼线。一时间，他的拇指和食指攥紧了鱼线，而鱼线的分量在持续增加，直直地下沉。

"它上钩啦！"他说道，"那我就让它先美美吃一顿吧。"

他让鱼线在指间朝下溜，同时伸出左手，把两卷备用鱼线空着的一端紧系在旁边那根鱼线的两卷备用鱼线的环套上。这一下万事俱备了。除了正在使用的这个鱼线卷，还有三个四十英寻长的线卷可供备用。

"再吃一些吧，"他说，"美美地吃吧。"

海明威小说精选

"吃呀！让钓钩的钩尖扎进你的心脏，取你的性命。"他心想，"慢慢地浮上来吧，好让我用鱼叉刺入你的身体。来吧！你准备好了吗？你这顿饭吃得够久了吧？"

"来吧！"他叫了一声，用双手使劲猛拉鱼线，收进了一码，然后连连猛拉，使出胳膊上的全部力气，拿身子的重量作为支撑，双臂轮流使劲拉啊拉。

结果白费力气。大鱼还是慢慢地在游走，老人哪怕把它往上拉一英寸都办不到。他的鱼线很结实，是制作来钓大鱼的。他把鱼线套在背上猛拉，鱼线绷得紧紧的，线上的水珠都弹起来了。大鱼在水里咝咝作声，声调长长的，而他攥住鱼线死不放松，身体前倾，整个儿抵在座板上。小船被扯动了，开始慢慢地向西北方向漂浮。

大鱼不间断地游动，带着小船在风平浪静的水面上徐徐行进。其他的几个鱼饵仍浸在水里，没有鱼上钩，不需要张罗。

"那孩子在跟前就好了，"老人出声地说道，"我被鱼拖着走，都成了拖缆桩了。我原可以把鱼线拴得死死的，不过只怕它会把线扯断的。我得拼全力把鱼线握紧，它挣扎得厉害，就放出一些鱼线给它。感谢上帝，它只是朝前游，而没朝海底钻。"

"假如它非得朝海底游，我就无计可施了。如果它沉到海底，死在那儿，我真不知该如何是好。"他心想，"现在得采取措施，办法多着呢。"

他紧握勒在背上的鱼线,眼睛盯着大鱼在水中斜着身子游动,牵着小船一点点向西北方向漂浮。

"这样会叫它送命的,"老人心想,"它总不能永远这样撑下去吧。"

然而四个小时之后,大鱼仍在大海里游动,身后拖着小船,老人背上勒着鱼线,丝毫不敢放松。

"我是中午把它钓上的,"他喃喃自语道,"可我连它的面都没有正眼见过呢。"

在钓上大鱼之前,他曾把草帽拉下,紧紧扣在头上,这时草帽勒得他脑门痛。他还觉得口渴,便双膝跪下,小心翼翼地不至于扯动鱼线,可着劲向船头摸去,伸出一只手去取水瓶。他打开瓶盖,喝了一点儿,然后靠在船头上休息。他坐在从桅座上拔下来的桅杆和船帆上,竭力什么都不去想,准备一直坚持下去。

此时他转头后望,发现陆地已不见了踪影。"这没关系,"他心想,"晚上有哈瓦那的灯光引路,我总能摸回去的。离太阳下山还有两个小时,也许在这期间它会浮出水面的。要不然,它会在月亮出来时浮出水面。再不然,它会在太阳升起时出来。反正我的手脚又没抽筋,觉得身上充满了力量。它把鱼钩吞在了嘴里,而它扯鱼线的劲那么大,肯定是一条大鱼喽。它的嘴准是死死地

　　　　海明威小说精选

咬住了钢丝钓钩。但愿能看到它。真希望能看看跟我抗衡的鱼儿是个什么样子,哪怕只看一眼也行。"

观望天上的星斗,老人可以看出那鱼整整一夜始终没有改变它的路线和方向。太阳落山后,寒气袭人,老人的背脊、胳膊和衰老的腿上的汗水已干,感到冷飕飕的。白天,他曾把盖在鱼饵箱上的麻袋取下,摊在阳光下晒干了。太阳一落山,他把麻袋系在脖子上,让它搭在背上,再小心地把它塞在横在肩头的鱼线下面。有麻袋垫着鱼线,他就可以弯腰向船头靠靠,几乎感到很舒服了。这姿势实在只能说是少受些罪,可他觉得挺舒服的。

"我拿它没办法,它拿我也没办法。"他心想,"它这么折腾下去,双方都无对策。"

他站起身来,隔着船舷撒了泡尿,然后抬眼望着星斗,核对他的航向。鱼线从他肩上一直钻进水里,看上去像一道磷光。船速放慢了,缓缓移动着。哈瓦那的灯光显得并不怎么亮。于是他明白,海流肯定是在把他们带向东方。

"假如看不到哈瓦那炫目的灯光,那我们一定是到了东边更远的地方。"他暗忖,"因为,如果这鱼没有改变路线,几小时内都是可以看到灯光的。不知今天的棒球大联赛结果怎样了,捕鱼时有一台收音机那才叫棒呢。不该老想这种美事,应该想想手头的活儿。愚蠢的想法是不该有的。"

接着,他出声地说:"那孩子在跟前就好了,可以帮我一把,也让他看看这场面。"

"人上了年纪,就不该独自生活了。"他心想。

"不过,要躲也躲不过。至于那条金枪鱼,在它发馊之前得吃掉它,以保存体力。可得记住呀。再不怎么想吃,也得在早晨吃掉它。可得记住呀!"他自言自语道。

夜间,两条鲯鳅游到小船边来,听得见它们翻腾和喷水的声音。他能辨别出雄鲯鳅发出的是噗噗的喷水声,而雌的发出的则是嘘嘘的喷水声。

"它们都是好样的,"他说道,"它们嬉戏,彼此相亲相爱,就和飞鱼一样,是人类的好伙伴。"

此时,他开始对这条被他钓住的大鱼产生了恻隐之心。"它真棒、真奇特!不知它有多大年龄了。"他心想,"我从没钓到过这么力大无穷的鱼,也没见过行为这么奇特的鱼。也许它太机灵,不愿跳出水来。它跳出水来,或者会来个猛冲,完全可以叫我死无葬身之地。不过,也许它以前多次被鱼钩钩住,知道如何跟人搏斗了吧。它哪会知道它的对手只有一个人,而且是个老头子。这是条多么大的鱼啊,如果肉质好的话,在市场上能卖好多钱呢。它一口咬住鱼饵,看样子像雄鱼,扯鱼线的力量也像雄鱼,搏斗起来一点也不惊慌。不知道它有没有什么计划?还是就跟我一样准备拼死一搏?"

他想起有一次遇到一对大马林鱼,用鱼钩钓住了其中的一条。一般进食时雄鱼总是让雌的先吃,那条上了钩的正是雌鱼,它发了狂,顿时惊慌失措,拼命地挣扎,不久就筋疲力尽了。雄鱼始终守在它身边,在鱼线下窜来窜去,陪着它一起在海面上兜圈子。雄鱼离鱼线非常近,老人生怕它会一甩尾巴将鱼线切断——那尾巴似大镰刀般锋利,连大小和形状都跟大镰刀差不多。老人用鱼钩把雌鱼拖出水面,用棍子打它,抓住它那边缘如砂纸似的剑锋长嘴,朝它的头顶一顿猛揍,直打得它一头血水,颜色跟镜子背面的红色差不多,然后由男孩帮忙,把它拖上船。而雄鱼一直守在船舷边。就在老人解鱼线、准备鱼叉的时候,雄鱼在船边一跃,高高地跳到空中,想看看雌鱼在何处,随后又落入水里,向深处下沉,淡紫色的翅膀(即它的胸鳍)大大地张开来,把身上淡紫色的宽条纹一下子都露出来了。根据老人的记忆,它看上去很美,久久不愿离去。

"它们那副样子让人看了太心酸了,"老人心想,"那孩子也感到伤感。我们请求那条雌鱼原谅,随后立刻动手把它宰了。"

"真希望那孩子在跟前呀。"他出声地说道,一边把身子靠在船头已被磨圆的木板上,通过勒在肩上的鱼线,感受着眼前这条大鱼的力量,而大鱼朝着它所选择的方向不停歇地游去。

"由于我设圈套欺骗了它，它才迫不得已做出了这样的选择。"老人心想，"它原来选择的是待在黑暗的深水里，远远地避开一切圈套、罗网和诡计。而我选择的是追到别人注意不到的地方捕获它——全世界谁也找不到这儿来。现在，我俩被拴在了一起，打中午就没有分开过。我们各自为战，旁无一人相助。也许我不该当渔夫。不过，我生下来不就是要干这桩事业嘛！我一定要记住，天亮后就吃那条金枪鱼。"

约莫快到天亮的时候，有什么东西咬住了他背后的一个鱼饵。他听见钓竿啪的一声折断了，而钓竿上的鱼线从船舷上缘朝着海中急速下滑。他摸黑拔出鞘中的刀子，用左肩承担着大鱼所有的拉力，身子朝后靠，就着木头船舷上缘，一刀将鱼线砍断。然后把另一根离他最近的鱼线也砍断了，摸黑将备用的两个鱼线卷的断头系在一起。他用一只手熟练地操作着，当将线头系牢时，一只脚踩住鱼线卷，不让它移动。他现在总共有六卷备用鱼线。他刚才割断的那两根有鱼饵的鱼线各有两卷备用鱼线，加上被大鱼咬住鱼饵的那根所备的两卷——六卷全都接在了一起。

天麻麻亮时，他暗忖："我要退几步，摸到那根沉入四十英寻深处的鱼线边将它也砍断，把那些备用鱼线卷统统连在一起。这样一来，我将丢掉两百英寻优质的卡塔卢尼亚鱼线，另外还有钓钩和导线。这些都是可以替补的。即便钓上了别的鱼，却把这条大鱼丧失了,那就无法替补了! 我不知道刚才咬饵的是什么鱼。很可能是条大马林鱼、旗鱼,要不就是鲨鱼。我没来得及细想,就赶紧砍断鱼线,放走了它。"

"真希望那孩子在跟前呀。"他出声地说道。

"只可惜那孩子不在跟前,"他心想,"这儿只有你一个人。你应该赶紧摸到最后的那根鱼线边,不管天黑不黑,把它一刀砍断,系上那两卷备用鱼线。"

他照着自己的想法做了。在黑暗中,他倒是费了些气力。有一回,那条大鱼向前一冲,把他拖倒在地,脸朝下,眼睛下方划破了一道口子。血从他脸颊上淌下来,但还没流到下巴上就凝固了,变成了干血块。他又摸回到船头,靠在木板上休息。他调整了一下麻袋,小心翼翼地挪动了一下肩上的鱼线,给它换了换地方,再用肩膀头把它顶牢。接着,他抓住鱼线,谨慎地试了试大鱼的拉力,然后伸手到水里测试小船行进的速度。

"真不明白它为什么要朝前蹿一下子,"他心想,"八成是套在它脊梁上的鱼线打了个滑吧。它脊背疼,当然疼不过我的脊背。哪怕它劲再大,也总不能拖着小船永远地跑下去吧。现在所有可能惹麻烦的障碍都排除了,而且有充足的备用鱼线。没什么可求的了。"

"鱼啊,"他轻声说道,"我会奉陪你的,至死方休。"

"看来,它也要跟我奉陪到死了。"老人心想。他在等待着天大亮。眼下正当曙光出现前的时分,冷飕飕的。他把身子紧靠在木头船帮上取暖。"它能坚持多久,我也能坚持多久。"他心想。第一线曙光出现时,只见鱼线伸展开去,通向海水的深处。小船一点一点向前行进,初升的太阳一露边儿,阳光直射到老人的右肩上。

"它在向北游。"老人自言自语地说。

"海流会把我们朝着东边带,送出远远的。"他心想,"但愿它顺着海流游,那会说明它累了。"

等太阳升得更高了些,老人发现大鱼并没有累。只有一个现象是有利的——鱼线倾斜,说明它正在较浅的地方游动。这并不一定表示它会跃出水来,但这种可能性是有的。

"上帝啊,就让它跃出来吧。"老人说,"我有足够的鱼线,对付得了它。"

"也许我把鱼线稍微拉紧一点儿,让它觉得痛,它就会跃出来了。"他心想,"既然是大白天了,就让它跃出来吧,让它背脊上的那些袋囊充满空气,它就没法沉到海底去死了。"

他想着便开始把鱼线朝紧拉。可是自从他钓上这条鱼以来,鱼线已经绷紧到了快要挣断的地步。他身子后仰使劲拉,觉得鱼线硬绷绷的,情知不能够拉得更紧了。

海明威小说精选

"拉鱼线绝对不能猛地使劲,"他心想,"每猛拉一次,就会把钓钩划出的口子加宽一分。等它一旦跃起来,也许会把钓钩甩掉。好在阳光这会儿让我觉得好受些——这次我不必老盯着太阳瞧了。"

鱼线上粘着黄黄的海藻,但老人知道这只会让大鱼扯鱼线时付出更多的努力,于是很高兴。正是这些黄黄的马尾藻在夜间发出很强的磷光。

"鱼啊,"他说,"我爱你,非常尊敬你。不过今天天黑之前,我非得要你的命不行。"

"但愿如此啊!"他心想。

一只小鸟从北边朝小船飞来。那是只鸣禽,低低地贴着水面飞。老人可以看出它已非常疲倦了。它飞到船艄上,在那儿歇了歇。然后它绕着老人的头飞了一圈,落在那根鱼线上,在那儿显得比较舒服些。"你多大了?"老人问鸟儿,"你这是第一次旅行吗?"

他说话的当儿,鸟儿望着他。它太疲倦了,竟没有细看那鱼线,就用小巧的双爪紧抓住了鱼线,在上面晃来晃去的。

"这鱼线稳着呢,"老人对它说,"十分的稳当。夜间又没有风,你不该累成这个样子呀。鸟儿们这都是怎么啦?"

他心想可能是老鹰飞临大海追捕这些小鸟,才把它们累的吧。但这话他没跟眼前的鸟儿说,反正它也听不懂他的话,它很快就会知道老鹰的厉害的。

"好好歇口气,小鸟,"他说,"歇过之后再去迎接挑战——任何人、鸟或者鱼都是如此。"

他说这话作为自勉,因为他的脊背在夜里变得僵直,这工夫疼得钻心。

"鸟儿呀,如果你愿意,就住在我这儿吧。"他说,"很抱歉,我不能趁现在刮起小风的当儿,扯起帆把你带回陆地。但我总算有个朋友跟我在一起了。"

正在这时,大鱼猛地一蹿,把老人拖倒在船头上,要不是他撑住了身子,放出一段鱼线,早把他拖到海里去了。就在鱼线砰地绷紧时,鸟儿飞走了,而老人竟没有看见。他用右手小心地摸摸鱼线,注意到手上正在淌血。

"大鱼显然被什么东西伤着了。"他出声地说道,一边把鱼线往回拉,看能不能把鱼拉回来。就在鱼线快绷断的当儿,他握稳了鱼线,身子朝后仰,来抵消鱼线上的拉力。

"这下子你可知道疼了,鱼儿,"他说,"老天做证,我也疼着呢。"

他转过脸去找那只小鸟,很想让鸟儿和他做伴。而小鸟却不见了踪影。

"你可没有待多久呀，"老人心想，"海上风浪大，抵达陆地才能够平安。我怎么会让那鱼猛地一拉，把手都拉破了呢？我一定是越来越笨了。要不，也许是因为只顾望着那只小鸟，一门心思牵挂它了。现在我要关心自己的事了，回头得把那条金枪鱼吃掉，免得没有了气力。"

"真希望那孩子在跟前呀。还希望手边有点儿盐。"他出声地说道。

他把沉甸甸的鱼线转移到左肩上，小心翼翼地跪下，在海水里洗手。他把手在水里浸了一分多钟，注视着手上的血在水中漂开去。小船徐徐前行，海水一下一下慢慢拍打在他手上。

"它游得慢多了。"他说。

老人倒是很想把手在咸海水里多浸一会儿，却怕那鱼又猛地蹿一下，于是站起身，振作起精神，举起受伤的手迎着阳光晒。手上的皮肉只不过被鱼线拉了个口子，可受伤之处却是干活用得着的地方。他知道这件事结束之前还需要这双手，不喜欢还没开始干活手就被拉破。

"现在，"等手晒干了，他说道，"我该吃小金枪鱼了。我可以用鱼钩把它钩过来，在这儿消消停停地吃。"

他跪下身，用鱼钩在船艄下钩到那条金枪鱼，小心不让它碰着那几卷鱼线，把它拉到自己身边。他再次用左肩撑起鱼线，以左手和胳臂架住身体,从鱼钩上取下金枪鱼,然后把鱼钩放回原处。他单膝压住金枪鱼,从它的脖颈竖割到尾部,割下一条条深红色的鱼肉——这是些截面为楔形的肉条。他从紧挨着脊骨的地方下刀,直割到鱼腹边,一连割下六条肉。而后,他把肉条摊在船头的木板上,在裤子上擦擦刀子,拎起鱼尾巴,把整副鱼骨扔到了海里。

"我想我是吃不下一整条的。"他边说,边用刀子将一条鱼肉截为两段。他可以感觉到,那鱼线一直都拉得紧紧的,累得他的左手都抽筋了——这只手紧紧握住那沉甸甸的鱼线毫不放松。

他厌恶地看看他的左手说:"这算什么手啊!要抽筋就抽呗。哪怕变成鸡爪也行。这对你没什么好处的。"

"快吃吧!"他在心里对自己说,一边低头看看黑黢黢的海水,望望那斜拉着的鱼线,"吃了鱼肉,你的手就会有力量的。不能怪这只手不争气,你跟那大鱼博弈,已经有好几个小时了。要斗,你可以跟它斗到底。还是先把这金枪鱼吃了吧。"

他拿起一片鱼肉,放在嘴里,慢慢地咀嚼。那味道并非难以下咽。

"可要细细地嚼,"他心想,"把肉汁都咽下肚。如果加上一点儿酸橙,或柠檬,或盐,那味道肯定不赖。"

"手啊,你感觉怎么样?"他问那只抽筋的手——那手又僵又

海明威小说精选

硬,跟僵尸的手一样,"为了你,我要再吃一点儿。"

说完,他拿起切成两段的那条鱼肉的另外一半吃了起来。他细细地咀嚼,然后把鱼皮吐出来。

"现在觉得怎么样啦,手啊?是不是这话问得太早了些?"

他拿起一整条鱼肉,咀嚼起来。

"这条鱼壮实且血气旺盛,"他心想,"我运气好,捉到了它,而不是条鲯鳅。鲯鳅的肉太甜。而这鱼肉简直一点也不甜,它的血气都还保留在肉汁里。"

"别的什么都没有用,还是实际点好。"他心想,"有点儿盐吃就有滋味了。剩下的鱼肉不知道会不会被太阳晒干或者变质,虽然肚子并不饿,但最好还是都吃完了的好。那大鱼目前老老实实、安安静静。我把东西吃完,做好一搏的准备。"

"耐心点,手啊,"他说道,"我吃东西还不是为了你。"

"真希望能给那条大鱼吃点东西,"他心想,"它可是我的兄弟呀。但我还是得把它杀死,而做到这一点,就必须积蓄体力。"

于是,他慢慢地闷头吃着,把那些楔形的鱼肉条全吃光了。

他直起腰,把手在裤子上擦了擦。

"好啦,"他说道,"你可以放开鱼线了,手啊,我要单靠右臂来对付它,直到你不再闹别扭。"他左脚踩住刚才用左手攥着的粗鱼线,身子朝后仰,用背部来承受那股拉力。"上帝帮帮忙,不要让我再抽筋了。"他说,"真不知那大鱼接下来会怎么折腾呢。"

"不过,这工夫它倒是显得老老实实的。"他心想,"看来它在实现自己的计划。但它的计划是什么呢?我又有什么计划呢?我必须随机应变,根据它的动向制订我的计划,因为它的个头太大了。假如它跳出来,我可以杀死它。它要是老待在水底下,那我就奉陪到底。"

他把那只抽筋的手在裤子上擦擦,想给手指活活血。可是那手就是张不开。"也许阳光强了,它就张开了。"他心想,"血气旺盛的金枪鱼生鱼肉吃到了肚子里,等消化掉,这手可能就张开了。到了非用这手的时候,我一定能让它张开,不管付出什么代价都在所不惜。但我现在不愿硬生生地强迫它张开。就由着它吧,愿张就张,愿合就合。昨夜收拾那些鱼线,又是解又是系的,把这只手累得够呛。"

他眺望了一眼大海,发觉自己此刻是多么孤单。不过他可以看见黑魆魆的海水深处那棱镜般的光柱,但见鱼线在眼前伸展,平静的海面上微波荡漾,给人以奇妙的感觉。由于贸易风的作用,此时云团正在聚集。他朝前望去,看到一群野鸭飞过——在蓝天与海水之间,那些野鸭留下了一行身影,先清晰,后模糊,后来又转为清晰。他顿时感到,一个人在海上是永远也不会孤单的。

他想到有些人驾船出海,看不到陆地的时候就心生恐惧之感。他知道在天气说变坏就变坏的月份,产生这种感觉是有理由的。而现在处于飓风季,在没有飓风的时候,天气可就是一年当中最好的了。

"出海时,如果飓风要来,一般总能提前好几天在天空中看见种种征兆。在岸上可看不见,因为人在岸上不知道凭什么来判断。"他心想,"陆地上倒也会出现一些异常现象,那就是云团的形状会发生变化。不过,眼前是不会刮飓风的。"

他望望天空,看见一团团白色的积云就像一堆堆令人馋涎欲滴的冰淇淋一样,而在九霄高空则是淡淡的卷云,以九月的天空为背景,似羽毛般浮在那儿。

"现在刮的是微风,"他说道,"鱼啊,这天气相比较而言更有利于我,而不利于你。"他的左手依然在抽筋,但他正在努力慢慢地把它张开。

"我恨抽筋,"他心想,"这是一种背叛,是在捉弄一个人的身体。由于食物中毒而腹泻或者呕吐,是在别人面前丢脸。但是抽筋,西班牙语称 calambre,则是自侮,尤其是孤身一人的时候。要是那孩子在跟前,可以为我揉揉,从前臂一直往下揉。不过,这抽筋总会缓解的。"

此时,他用右手摸摸鱼线,感到鱼线的拉力有了变化,连它在水中的倾斜度也变了。他倾身向前,看见鱼线斜着慢慢地朝上移动,左手不由啪的一声猛地在大腿上拍了一下。

"它上来啦!"他说道,"手啊,快张开呀! 快张开呀!"

鱼线慢慢地、稳稳地上升,接着小船前面的海面鼓起,大鱼浮出水了。它不停地往上冒,身上的水从两侧哗哗地朝下泻。在阳光下它通体闪亮,脑袋和背部呈深紫色,两侧的条纹在阳光里显得宽阔,带几分淡紫色。它的嘴像棒球棒那样长,逐渐变细,如一柄轻剑似的。它把整个身子都露出水面,然后又潜入了水里,动作舒展得跟个潜水员一样。老人看见它那大镰刀般的尾巴唰地就钻入水里了,接着鱼线开始飞速向远处拉。

"这家伙比我的船还长两英尺呢。"老人说。鱼线不断展开,又快又稳,显然大鱼并没有受惊。老人用双手竭力要拉住鱼线,用的力气刚好不致让鱼线被扯断。他明白,要是他不能平稳施力使鱼慢下来,它就会把鱼线全部拖走,并且挣断。

"这条鱼的个头真大,我必须对它加以诱导。"他心想,"绝对不能让它知道自身有多大的力气,也不能让它知道一旦逃跑它会发挥出什么样的能力。我要是它,我现在就使出浑身的力气逃跑,一直跑到把鱼线挣断为止。但是感谢上帝,尽管这些大鱼比我们这些杀鱼的人高尚,也比我们有能耐,却不如我们聪明。"

老人见过许多大鱼,其中有不少超过一千磅的,在他的一生中也曾逮住过两条千磅级的鱼,不过每一次他都不是孤军作战。

现在却是孤零零的,眼睛连陆地的影子也看不见,跟一条奇大无比的鱼拴在了一起——那鱼个头之大,他以前见所未见、闻所未闻。而他的左手仍硬硬地蜷缩着,像紧紧攥在一处的鹰爪。

"它会停止抽筋的,"他心想,"它一定会停止的,停止了好帮助我的右手。大鱼和我的左右手这三样东西现在亲如兄弟,密不可分了。左手必须停止抽筋——现在抽筋是不够意思的。那鱼速度又慢下来,跟先前的速度又一样了。弄不懂它为什么跳出水来。它那样做,简直就像是要向我显示它的个头有多么大似的。这下子我倒是知道了。但愿我也能让它看看我是个什么样的人。不过,只怕它会看到这只抽筋的手。应该让它觉得我是一个男子汉,一个比实际的我更具男子汉气概的人。我会给它这种印象的。真希望我和大鱼能换个位置——它力大无比,而我只能靠意志和智慧跟它抗衡。"

他稳稳地靠在木头船帮上,默默忍受着煎熬。大鱼不停地游啊游,小船在黑黢黢的海水里徐徐前行。从东边吹来了风,海上起了小浪。到中午时分,老人左手停止了抽筋。

"这对你可是坏消息,鱼啊。"他说着,把搭在他肩头麻袋片上的鱼线挪了一下位置。

他感到舒适了些,但仍有煎熬感,只不过他根本不承认这是煎熬罢了。

第三章

"我不是个虔诚的教徒，"他说道，"但我情愿念十遍《天主经》和十遍《圣母经》，只要让我抓住这条鱼就行。假如能抓住它，我许诺一定去科布莱的圣母殿朝拜。君子一言，驷马难追。"

他机械地念起祈祷文来。有时候由于太累，他竟把祈祷文都忘了，于是他就念得特别快，让祈祷文脱口而出。他觉得《圣母经》要比《天主经》容易念。

"祝福圣母玛利亚，天主与你同在。祝福你之为女，祝福你怀胎生下耶稣。圣母玛利亚呀，上帝之母，愿你为我等罪人祈祷，愿你为我等死难时祈祷。阿门。"念完后，他又补缀了一句，"圣母玛利亚啊，求你祈祷让这条鱼死了吧——即便它是那么奇妙！"

祈祷完毕，他心里坦然多了，但那种痛苦的煎熬感依然强烈，也许比先前还要强烈些。他背靠在船头的木板上，机械地活动起左手的手指。此时虽然微风徐徐吹拂，但阳光灼热。

"最好还是给船尾处的那根细鱼线再把鱼饵装上，"他说道，"如果大鱼再要抗上一个夜晚，我得再吃点东西。瓶子里的水已经不多了。这儿除了鯕鳅，别的恐怕什么也捕不到。不过，趁着新鲜吃,鲯鳅的味道也不会差。希望今夜有条飞鱼跳到船上来。可惜我没有灯光来引诱它们。飞鱼生吃味道绝美。吃的时候,没必要把鱼切成一块块的。现在,能省力气就省力气。天呀,没想到这家伙的个头这么大。它个头再大,再怎么了不起,我也得送它见阎王爷去。"

"这样做虽然不公平,"他心想,"但我得让它看看我的本事,让它知道什么样的磨难我都经受得起。"

"我跟那孩子说过,说我是个不同寻常的老头子,"他说道,"现在是证实这话的时候了。"

这话他已证实过上千遍了,而他觉得那不算数。现在他要再证实一遍。每一次都是一个新的开端嘛。他自证的时候,从来不去想过去。

"但愿大鱼能睡上一觉,我也跟着睡睡,重温关于狮子的梦境,"他心想,"为什么现在一做梦就主要梦见狮子呢?"

"不要再胡想啦,老家伙,"他对自己说道,"你就靠着船板悄悄休息休息吧,什么都不要想。大鱼在忙着呢,而你就尽量少费力气喽。"

时间已经到了下午,小船依然缓缓地、从从容容地前行。不过这时从东边刮来的微风给小船增加了一份阻力,老人乘船随着碎浪缓缓漂流,鱼线勒在他背上的疼痛感有所减轻,变得温和了。

下午,鱼线一度再次朝上升起。不过,那仅仅是因为大鱼稍稍上升了一个平面,在这个平面上继续前游。阳光洒在老人的左胳臂、左肩和背脊上,于是他知道大鱼折向东北方了。他曾经瞥过一眼大鱼,所以能想象它在水里游动的样子——它那紫色的胸鳍大张着,似展开的翅膀,直竖的大尾巴划破黑黢黢的海水。

"不知道它在那样深的海里能看多远,"老人心想,"它的眼睛真够大的。比较起来,马的眼睛要小得多,但在黑暗里却看得见东西。在以前,我在黑暗里能把东西看得一清二楚——指的并非伸手不见五指的地方。不过,我那时的眼力简直跟猫一样棒。"

阳光的照晒和他手指不断的活动,使他的左手彻底不抽筋了,于是他就着手移动鱼线,让这只手多负担一点拉力,同时耸耸背上的肌肉,使鱼线挪挪位置,转移一下鱼线勒出的疼痛感。

"你要是不感到疲倦,鱼啊,"他出声地说道,"那你可真是一条大怪鱼了。"

反正他已筋疲力尽了。他知道夜幕转眼就会垂降,于是便竭力去想别的事情。他想到了棒球的大联赛,即西班牙语所说的Gran Ligas。他知道纽约市的扬基队正在与底特律的老虎队鏖战。

"联赛已进入第二天,可我不知道比赛的结果如何。"他心想,"不过,我一定要有信心,一定要对得起伟大的迪马吉奥,他即使脚后跟长了骨刺,疼痛难忍,在球场上一招一式也做得尽善尽美。

骨刺是什么东西呢？西班牙语叫作 Un espuela de hueso。我们打鱼的不长这些东西。骨刺是不是跟斗鸡爪子上装的铁刺①一样，让人疼得要命呢？我想我是忍受不了这种痛苦的，也不能像斗鸡那样，一只眼或两只被啄瞎后仍旧战斗下去。鸟与兽真了不起，人类和它们相比就大不如了。我情愿做那只待在黑暗的深水里的动物。"

"但鲨鱼来就惨了，"他出声地说道，"如果鲨鱼来了，就让上帝保佑它和我吧。"

"伟大的迪马吉奥要是遇到这么一条鱼，难道能跟我一样坚持这么久吗？"他心想，"我相信他能，而且时间会更长，因为他年纪轻、力量大。再说，他父亲原来就是打鱼的出身嘛。但是，骨刺会不会让他疼得受不了呢？"

"这就不知道了，"他出声地说道，"我从来没生过骨刺。"

金乌西坠。为了给自己增强信心，他回想起在卡萨布兰卡的一家酒馆里发生的一件事情。当时他跟从西恩富戈斯来的大个子黑人掰腕子，那家伙是码头上力气最大的人。桌上用粉笔画了一道线，二人前臂直直上举，将对方的一只手紧握，胳膊肘压在线上掰，掰了整整一天一夜。他俩都竭力要将对方的手压到桌面

---

① 英语 spur 此处既当"骨刺"解，又有"铁刺"的含义。

上。许多人都押了赌注。酒馆里亮着煤油灯,人们在灯光下进进出出,而他紧盯住黑人的手臂以及脸。头八小时过后,他们每四小时换一个裁判员,好让裁判员轮流睡觉。他和黑人手上的指甲缝里都渗出血来了。他俩直视着彼此的眼睛、手和前臂;打赌的人有的走进走出,有的坐在靠墙的高椅子上观战。房间里镶的是木板墙,漆成了天蓝色,而灯光把他们的影子投射在了墙上。黑人的影子硕大无比,随着微风吹动挂灯,在墙上晃来晃去。

在一整夜的时间里,局势在不断发生着变化,输赢难定。人们把朗姆酒送到黑人嘴边,还替他点燃香烟。黑人杯酒下肚,就使出吃奶的劲掰,曾经一度把老人的手(他当时还不是个老人,而是"冠军"圣地亚哥)掰下去将近三英寸。但老人又把手掰回来,恢复了势均力敌的局面。尽管黑人是个出类拔萃的好选手,但老人坚信自己一定能赢。天破晓时,参赌的人要求以平局收场,而裁判员摇头不同意。老人施放绝力,硬是把黑人的手一点点朝下掰,直至压在桌面上。这场比赛是在一个星期天的早上开始的,直到星期一的早上才结束。好多参赌人要求以平局收场,那是因为他们得上码头去干活,把一麻袋一麻袋的糖装上船,或者到哈瓦那煤炭公司去上班。要不然大家都会希望决出个输赢的。不过,老人反正把这场比赛终结了,而且是赶在大家去上班之前。

此后有很长一段时间,人人都叫他"冠军"。到了春天,又举行了一场回访赛,不过这次赌金不多,他轻轻松松就赢了,因为他在第一场比赛中击溃了那个西恩富戈斯黑人的自信心,至此余威尚在。后来他又赛过几场,再以后就退出了赛场。他觉得如果自己一门心思掰腕子,完全可以击败任何对手,却又认为掰腕子把右手掰伤了不利于捕鱼,于是便尝试着使用左手,用左手练习了几次。可惜左手历来都跟他作对,不愿听命于他,所以他对左手缺乏信任感。

"阳光这一晒,该把这只手暖透了,"他心想,"除非夜里太冷,否则它不会再抽筋了。真不知今夜会出现什么情况呢。"

一架飞机从他的头顶飞过,沿着它的航线向迈阿密飞去。他眼睁睁看到飞机的影子惊起了成群成群的飞鱼。

"有这么多的飞鱼,就该有鲯鳅。"他说着,肩上扛着鱼线朝后靠了靠身子,看能不能把那大鱼朝跟前拉拉。但这一招未果,鱼线照样紧绷着,上面抖动着水珠,简直都快要断了。小船徐徐前行,速度缓慢。他不住眼地望着飞机,直到看不见为止。

"坐在飞机里的感觉一定非常奇特,"他心想,"从那么高的地方朝下看,不知道大海是什么样子。要不是飞得太高,飞机里的人一定能清楚地看到这条鱼。真希望我能乘飞机在两百英寻的高度飞行,速度慢慢的,从高空观赏海里的鱼。以前捕海龟时,我爬到船桅顶的横桁上,即便从那个高度也能观赏到海里的诸多景象。从那里朝下望,鲯鳅的颜色看上去比较绿,你能看清它们身上的条纹和紫色斑点,可以看见它们成群结队地在海里游动。在深暗的水流中,凡是游速快的鱼,脊背都是紫颜色的,一般还带有紫色条纹或斑点,这是怎么回事呢?鲯鳅当然只是看上去是绿色的,实际上它们是金黄色的。但当它们肚子饿了,跑来觅食时,身子两侧就会出现紫色条纹,跟大马林鱼身上的一样。是因为愤怒,还是游得太快,鱼身上才出现这种条纹的呢?"

　　天色临黑之前,小船从小山般的一大堆马尾藻跟前经过。马尾藻在微波荡漾的海水里一起一伏,那情景就像是海洋正同什么东西在一条黄色的毯子下做爱。就在这时,老人的那根细鱼线被一条鲯鳅咬住了。只见它砰地跃到空中,在太阳的余晖下金光闪闪,身子扑腾扑腾狂扭乱闪。接下来,它惊慌得一次次跃出水面,像在做杂技表演,老人轻挪慢移,回到船尾处蹲下,以右手和右胳臂拽住那根粗鱼线,用左手将鲯鳅往回拉,每收回一段细鱼线,就用光着的左脚踩住。鲯鳅被拖到船尾跟前,绝望地左摆右摆、胡蹦乱跳。老人从船尾探出身,把这条带紫色斑点的金光闪闪的鱼拽到了船艄上。它的嘴被钓钩挂住,痉挛般地连连胡咬一气,又扁又长的身子、尾巴和脑袋把船底板拍得咚咚响。老人抄起大棒,狠狠在它那金光闪闪的脑袋上打了一下,它抖了抖,最后就不动了。

老人把钓钩从鱼嘴里取下，重新安上一条沙丁鱼作饵，将鱼线甩到了海里。然后他蹭着身子慢慢回到船头。他洗了洗左手，在裤子上擦干。接下来，他把那根粗鱼线从右手转移到左手，在海水里边洗右手，边望着太阳沉到海里，还望着那根斜入水中的粗鱼线。

"这大鱼一点变化都没有。"他自言自语道。可是，他观察了观察手边水流的运动，就发现大鱼游动的速度明显慢了下来。

"我要把两支桨交叉绑在船尾，夜间船速就会减慢的，"他说道，"它夜里施展手段，我也能加以应对。"

"最好稍候片刻再给鲯鳅开膛，这样可以让鱼血留在肉里，"他心想，"这事可以等一会儿再干，现在得把桨扎起来，以增加水的阻力。此时最好不要打搅鱼，不便在日落时分过分地惊扰它。对所有的鱼来说，太阳落山时分都是难熬的。"

他让手在海风中吹干，然后抓住鱼线，尽量放松身子，听任大鱼把他朝前拖。他将身子抵在船板上——这样，小船承受的拉力跟他承受的一样大，或者说比他承受的还要大。

"我这是学来的，"他心想，"跟它斗就得这样做。还有，别忘了它咬饵以来还没进过食呢。它身躯庞大，要吃，那得大量的食物。我已经把那一整条金枪鱼都吃进肚了。明天我将吃那条鲯鳅。也可以叫它剑鱼。也许，在清理那条鱼的时候，我应该先吃上一部分。那鱼比金枪鱼要难吃。不过话得说回来，没有一件事是容易的。"

"大鱼啊，你现在感觉如何？"他大声地问道，"我感觉良好，左手比刚才好些了。我的食物还够我吃一天一夜没问题。你就拖着这船跑吧，大鱼。"

其实他的感觉并不怎么好，因为鱼线勒在背上疼得厉害，几乎叫人无法忍受，最后那疼痛感变成了让他揪心的麻木感。

"没什么，比这更糟的情况我也曾碰到过。"他心想，"我的一只手仅仅划破了一点皮，另一只手的抽筋已经好了。我的两腿都状况良好。还有，目前在食物方面我也比它占优势。"

此时天色已黑。九月份，太阳一落山，天马上就黑下来。他背靠船首处那磨损了的木板上，放松全身心休息。第一批星星露面了。他不知道猎户座 β 究竟怎么叫，但一看到它，就知道别的星星很快就会出来了。有了星星，那就等于见到了远方的朋友。

"这条大鱼也是我的朋友！"他大声说道，"这样的鱼，我没见过，也没听说过。但我必须杀死它。幸好我没有必要上天去捕杀星星。设想一下，如果天天都有人想去捕杀月亮，那该怎么样？月亮会跑得无影无踪的。再想想看，如果天天都有人想去捕杀太阳，那又会怎么样呢？说来我们这一代算是幸运的了。"

他为大鱼没东西吃而感到难过，但他的难过心情并没有减弱他必杀此鱼的决心。

"这条鱼够许多人吃的了,"他心想,"不过,那些食客配吃它吗?不配,当然不配。它举止典雅、气度雍容,谁也不配吃它。这其中的道理真让人捉摸不透。还好,我们人类还没必要被逼着去捕杀太阳、月亮或者那些星星。在海上寻生活,捕杀我们的难兄难弟就已经够呛了。现在,我得集中精力想想这条拖船的大鱼。这家伙很危险,却也是条值得一赞的鱼。倘若它拼命拖,绑在一起的两把桨形成一些阻力,船身就不太轻便了,我很可能就得放出鱼线,最终让它跑掉。让船保持轻便,会延长我们双方的痛苦,但这样安全系数大,因为这鱼游得快,速度截至目前还没有放开呢。管他三七二十一,我得把那鲯鳅开膛,免得变味。吃点鱼肉,长长力气。这工夫,我还是再歇一个小时吧。只要感觉到那大鱼稳定了下来,我就回到船尾去整理鲯鳅,同时决定对策。在这段时间里,我可以观察大鱼的表现,看它有没有起变化。把那两把桨绑起来产生阻力固然是良策,但当前应以安全为重。那大鱼依然很厉害。我看见那家伙嘴角挂着鱼钩,嘴巴闭得紧紧的。鱼钩的折磨对它算不上什么。饥饿的折磨,以及跟不可知的命运抗争,才会给它造成最大的痛苦。好啦,休息休息吧,老家伙。让它去折腾吧,你就静心等候做自己分内事的时候来到吧。"

他觉得自己休息了有两个小时。这晚月亮升起来得迟,所以他无法判断时间。其实他并没有怎么休息，只是喘了口气罢了。他肩上依旧承受着大鱼的拉力，不过他把左手按在船头的船舷上，逐渐把减缓大鱼拉力的活儿转移给小船去做。

"要是能把鱼线拴死，那事情就简单多了，"他心想，"不过，大鱼稍微一挣，就可能会把鱼线扯断。我必须用自己的身子来缓冲鱼线的拉力，随时准备用双手放出鱼线。"

"可是，你还没合过眼呢，老头子，"他出声地说道，"已经熬过了半个白天和一个通宵，现在又是一个白天，而你一直没睡觉。你必须想个办法，趁大鱼安静稳定的工夫睡上一会儿。如果不睡觉，你的脑袋会糊涂起来的。"

"现在我的脑袋倒是够清楚的，"他心想，"简直太清楚啦，跟我的星星兄弟一样清清楚楚的。但我还是必须睡觉。星星要睡觉，月亮和太阳都睡觉，连海洋有时候也睡觉——海洋是在无波无澜、风平浪静的日子睡觉。你可要记住睡觉哦，得强迫你自己睡。至于这些鱼线，可以想出简单稳妥的办法加以安排嘛。应先回到船尾去把鲯鳅收拾出来。如果一定要睡觉，把船桨那样绑起来当阻力可就太危险了。"

"我不睡觉也能行，"他对自己说，"但那样太危险了。"

他靠双手双膝爬回到了船尾，途中小心翼翼的，生怕惊扰了大鱼。

"此时它也许正处于半睡半醒的状态，"他心想，"可我不想让它休息，而是希望它一直地拖，最后累死它。"

　　回到了船尾，他转身让左手攥住紧勒在肩上的鱼线，用右手从刀鞘中拔出刀子。此时星光明亮，他看那条鲯鳅看得很清楚，扑哧一声把刀刃扎进鱼脑袋，将它从船艄下拉出来。接着，他把一只脚踩在鱼身上，麻利地把它剖开，一刀从肛门一直剖到下颌的尽端。然后他放下刀子，用右手掏出内脏，把鱼腹清理干净，再将鱼鳃扯下。他觉得鱼胃在手里沉甸甸、滑溜溜的，就用刀把它剖开——里面有两条飞鱼。飞鱼还很新鲜，硬实实的。他把它们并排放下，将鲯鳅的内脏和鱼鳃从船尾处扔进海里。那些东西沉下去时，在水中留下一道磷光。鲯鳅冷冰冰的，在星光下显得像麻风病人的脸色那般灰白。老人用右脚踩住鱼头，剥下鱼身上一边的皮，然后将鱼翻过来，剥掉另一边的皮，再把鱼身两边的肉从头到尾割下来。

　　一松手，他将鱼骨架丢到舷外，还留心看水里是不是起了漩涡。不见漩涡，却只见骨架慢慢下沉时磷光闪闪。随后，他转过身来，将两条飞鱼夹在两片鲯鳅鱼肉的中间，把刀子插进刀鞘，慢慢蹭着身子朝船头运动。由于鱼线的拉力，他只好弓着腰，把鲯鳅鱼肉提在右手中。

　　回到船头后，他把两片鲯鳅鱼肉摊在船板上，旁边摆好那两条飞鱼。然后他把勒在肩上的鱼线换个地方,又用左手攥住鱼线,将手放在船舷上。接着,他把身子伏在船舷上,在海水里清洗飞鱼,一边留意着水流冲击在他手上的速度。他的手因为剥了鱼皮而发出磷光,他借此观察水流在怎样冲击他的手,发现水流不像以前那样强了。他把手的侧面在小船船板上蹭蹭,粘在手上的鱼鳞片掉下来,慢慢朝船尾漂去。

"那大鱼累了,或者说正在休息,"老人自言自语道,"现在我用这条鲯鳅填填肚子,休息休息,睡一小会儿。"

借着星光,冒着越来越冷的夜间的寒气,他吃了半片鲯鳅鱼肉,还吃了一条已经清除了内脏、去掉了脑袋的飞鱼。

"鲯鳅煮熟了吃味道该多好啊!"他自言自语道,"生鱼肉难吃死了。以后不带盐或酸橙,我就绝对不再登船。"

"如果有点脑子,我就该一天到晚朝船头泼海水,海水干了不就有盐了嘛。"他心想,"不过,我可是快到太阳落山时才钓到这条鲯鳅的。但说来说去还是准备工作做得不足。幸好我细嚼慢咽地吃鱼肉,却没有感到恶心。"

东方天空中云层越来越厚,他认识的星星一颗颗隐去了身影。那情景就好像他正驶进一个云团堆起的大峡谷。风已经停了。

"三四天内要变天,"他自言自语道,"不过,今明两天是不要紧的。现在,趁着那条大鱼安安静静的,赶快睡他一觉,老头子。"

他把鱼线紧握在右手里,然后拿大腿抵住右手,把全身的重量压在船头的木板上。随后,他把勒在肩上的鱼线稍微朝下挪了挪,用左手撑住鱼线。

"有左手撑着,右手就能握得住鱼线,"他心想,"睡觉时右手松了劲,鱼线溜走,左手就会叫醒我的。右手固然任务艰巨,但它已经习惯于吃苦了。即便能睡上二十分钟或半个小时,也是不错的了。"

他朝前倾,用整个身子抵住鱼线,把全身重量压在右手上,酣然入睡了。此时他没有梦见狮子,却梦见了一大群鲯鳅,伸展开来足有八到十英里长。这时正是它们交配的季节,它们会高高地跳到半空中,然后掉回到它们跳跃时在水里形成的水涡里。接着他梦见自己身在村子里,躺在自己的床上,外边北风呼啸,冷气袭人。由于他的头枕在右胳膊上,而不是在枕头上,把右胳膊都枕麻了。再后来他的梦境里就又出现那道长长的金黄色的海滩了,看见一只狮子在薄暮中来到海滩上,接着另有几只狮子也来了。岸边晚风习习,小船停泊在水里,而他将下巴架在船头的木板上,等着看是否还会有更多的狮子现身,心里其乐融融。

此时月亮早已升起,而他酣睡不醒。大鱼拖着船持续前行,带着小船驶入云团形成的大峡谷里。猛然,他紧攥的右手把他的脸撞了一下,将他从梦中撞醒,只觉得鱼线从手里溜出,有一种火辣辣的感觉。左手没有知觉,于是他就用右手死命扯鱼线,而鱼线还是一个劲朝外溜。最后,他的左手终于抓住了鱼线,他便身子后仰扯鱼线,把背脊和左手勒得发烫。左手承受了全部的拉力,火辣辣地疼。他回头望望那些鱼线卷,见它们正在平稳地把鱼线一点点放出。正在这当儿,大鱼一跃到空中,使海面哗地裂开,随后又重重地跌入水里。它三番五次地跃起,小船行走如飞,鱼线依然快速朝外溜,老人死死拉紧,把鱼线都快扯断了——他一次次地紧拉,鱼线一次次地几近扯断。他被拉得紧贴在船头上,脸伏在那片切下的鲯鳅肉上,动弹不得。

"千等万等,这一时刻终于来啦,"他心想,"那就决个雌雄吧。它拖来拖去,现在要让它付出代价。一定要让它付出代价!"

他看不见大鱼的跳跃,只听得见海面哗哗的开裂声,和啪哧啪哧大鱼从空中重重跌下时溅水的声音。鱼线飞快地朝外溜,把他的手勒得生疼。不过,他早就知道会如此,于是便尽量让鱼线勒在起老茧的部位,不让它滑到掌心或者勒在手指头上。

"如果那孩子在跟前,他会用水浇湿这些鱼线卷。"他心想,"是啊。如果那孩子在跟前就好啦。如果那孩子在跟前就好啦!"

鱼线朝外溜啊溜啊,不过后来越溜越慢了。大鱼每拖走一英寸鱼线,老人都要让它花一番气力。这时,他把头从木船板上抬起,离开了那片被他的脸压得稀巴烂的鱼肉。然后,他从跪着的姿势慢慢站起身来。与此同时,他还在放鱼线,但越放越慢了。他蹭回到原来的位置——在那儿,他看不见鱼线卷,却能用脚触到。鱼线还多着呢。这么多新鱼线拖在水里会产生很大的摩擦力,够大鱼拖的了。

"还有,"他心想,"这家伙跃出水面何止十来次,鱼脊上的袋囊充满了空气,无法潜入深水了——死在那里,我是不可能把它搞上来的。它马上就会兜圈子了,我得想办法收拾它。是什么原因让它躁动起来了呢?是不是饥饿难忍才让它铤而走险呢?要不然就是夜间有什么东西吓着它了?也许,它突然感到害怕了。不过,它是一条沉着冷静、身体健壮的鱼,似乎是毫无畏惧而信心十足的呀。这倒是咄咄怪事。"

"你自己倒是应该毫无畏惧而信心十足,老家伙,"他自言自语道,"你现在又拖住它前行的速度了,可就是无法收回鱼线。不过,它马上就会兜圈子了。"

老人用左手拽、肩膀顶将鱼线固定住,猫下腰去,以右手掬水把压烂了的鲯鳅肉从脸上洗掉。他生怕这烂肉会让他恶心,弄得他呕吐,丧失力气。擦干净了脸,他把右手伸出船舷,在海水里洗洗,然后让它泡在这盐水里,一面观望着日出前的第一线曙光冉冉升起。

"这大鱼几乎是朝正东方游的，"他心想，"顺着海流游，这表明它累了。它马上就得兜圈子了。那时我们才真正开始交手。"

等他觉得把右手在水里泡的时间够长了，就把它拿出水，眼睛望着它，口里念念有词地说："效果还不错。手疼是难不倒一个男子汉的。"

他小心地攥着鱼线，不让鱼线刺入新勒破的伤口，同时向船的另一侧移动了一下身子，如此便于把左手伸进海水里。

"你这没用的东西，表现得还算不错哟。"他冲着左手说道，"不过，你是有表现不佳的时候的，用着你，却无法依靠你。"

"为什么我不生下来就有两只好手呢?"他心想，"也许过错在我，没有好好训练这只手。可上帝清楚，它有的是学习的机会，该自己学着点啊。这一夜它表现得还算不错，只抽了一次筋。要是它再敢抽筋，就让鱼线把它勒断得了。"

想啊想的，他发现自己的大脑不怎么清晰了，觉得应该吃点鲯鳅肉再说。可转念一想，他对自己说："这肉不能吃，情愿饿得头昏，也不能因吃了鱼肉恶心而丧失力气。把肉吃到肚子里是存不住的，我的脸都把它压烂了，这一点我心里有数。这肉就留着应急吧，变味就变味吧。要靠吸收营养以增添力气，现在已为时过晚。哦，你可真蠢呀! 还有一条飞鱼，你可以吃掉呀!"

那条飞鱼就在跟前，洗得干干净净，随时可食。他伸出左手一把取过,吃将起来,把鱼骨细细咀嚼,从头到尾吃了个精光。

"它恐怕比所有的鱼营养都大,"他心想,"至少赐给了我所需要的力气。能做的都已经做了,就让那大鱼兜圈子吧,让战斗开始吧。"

太阳冉冉升起——自从出海以来,这是第三次日出了。就在这时,大鱼开始兜圈子了。

根据鱼线倾斜的角度还看不出那鱼在兜圈子——这么说还为时过早。他仅仅感觉到鱼线上的拉力微微减小了一些,于是开始用右手把鱼线轻轻朝回拉。鱼线依然紧绷绷的,可是拉到眼看就要断了的时候,它便往回收缩一些。他索性把鱼线从肩膀和头上取开,稳稳地、缓缓地拉啊拉。只见他两手不断挥动,尽量借助全身和双腿的力量拉啊拉。拉鱼线时,他那老胳膊老腿跟着一晃一动。

"这圈子可真大呀,"他自言自语道,"不过,它总算在兜圈子了。"

接着,鱼线往回拉就拉不动了。他用手攥紧,看见鱼线上的水珠在阳光下乱溅。随之,鱼线开始往外溜。老人跪下身子,不情愿地让它又没入那黑黢黢的海水里。

"它正在往远处绕大圈子。"他口中说道。

"我一定要拼全力拉紧,"他心想,"拉紧了,它兜的圈子就会一次比一次小。也许一个小时内我就能见到它的面了。当务之急是稳住它,而后置它于死地。"

只是那大鱼兜圈子时慢慢悠悠的。两个小时过去了,老人浑身汗湿,骨头架都快累散了。不过,这时圈子已经小得多了,而且根据鱼线的斜度,他能看出鱼一边游一边在不断地上升。

老人看见眼前有些黑点,这现象已经有一个小时了。咸咸的汗水蜇得他的眼睛以及眼睛上方和脑门上的伤口疼。对于黑点,他倒不担心——如此紧张地拉鱼线,眼前出现黑点很正常。但是,他已有两次感到头昏目眩,这才叫他担心。

"我可不能垮下去,就这样死在一条鱼的手里。"他自言自语道,"既然我已经跟它斗到了现在,而且干得漂漂亮亮,求上帝保佑我坚持下去吧。我要念一百遍《天主经》和一百遍《圣母经》。不过眼下这样是念不成经的。"

"权当已经念过了吧,"他心想,"我过后补念一下就是了。"

就在这时,他觉得紧攥在双手里的鱼线突然受到了撞击,被猛地扯了一下。那一撞一扯来势凶猛、强劲有力,有一种沉甸甸的感觉。

"那大鱼在用它的长嘴撞击铁丝导线,"他心想,"这是无法避免的。它非得这么做不可。不过,这也许会让它胡跳乱跃的。我倒希望它还是兜它的圈子好。它必须跳出水面来呼吸空气。但

69

是每跳一次,钓钩造成的伤口就会裂得大一些,最终它可能会把钓钩甩掉。"

"你可别跳,鱼啊!"他说,"你可别跳!"

大鱼撞击铁丝导线,又撞了好几次。它每次一甩头,老人就放出一些鱼线。

"它疼就必须让它老疼一个地方,"他心想,"疼痛感对我来说没关系,我能控制得了,而它的疼痛会让它发疯的。"

过了一会儿,大鱼不再撞击铁丝了,又慢悠悠兜起了圈子。老人不停地往怀里收鱼线。可是,那种眩晕感又出现了。他用左手掬了些海水洒在头上。接着,他又洒了些,搓了搓后脖颈。

"我好在没抽筋,"他自言自语道,"它马上就会浮上来,我挺得住。你必须挺住。此话甚至连说都不用说。"

他身靠船头跪下,暂时又把鱼线放在了背上。

"这当儿趁它绕大圈子,我休息休息,等它兜回来的时候再站起身去对付它。"他做出了这样的决定。

在船首休息是极大的享受。就让大鱼自个儿兜上一圈吧,只要不多放出鱼线就行。但当鱼线有所松弛,表明大鱼掉头朝小船这边游时,老人一跃而起,双手交替用劲,将松下来的鱼线一把一把朝怀里拽。

"我一辈子都没有这么累过,"他心想,"碰巧贸易风来了。这对收降那大鱼很有好处。我真是需要得很哪。"

"等它再兜大圈子的时候,我就休息休息。"他自言自语道,"我现在感觉好多了。再兜两三圈,我就能降住它了。"

他把草帽推到了后脑勺。就在感到大鱼掉转了头,将鱼线扯紧时,他一屁股在船首坐了下来。

"你就兜你的圈子吧,鱼啊,"他心想,"等你转回来时,我再收拾你不迟。"

海面上起了大浪。不过,刮来的风却是晴天的那种微风,返航途中需要的正是这种风。

"只要让船向西南方向走就行,"他说,"在海上是迷不了路的。再说,那是个狭长的岛屿①,总看得见的。"

大鱼兜到第三圈时,他才算看到了它。

起先,映入眼帘的仅是一道黑影。那黑影从船下游过,游了有好长一段时间,其长度叫他简直不敢相信。

"不对吧?"他自言自语道,"它的个头不可能这么大的。"

可它的个头的确这么大。兜完这一圈时,它浮出了水面,距离小船仅有三十码远。但见它尾巴高高翘起在海面之上,尾长超过大镰刀的刀刃之长,在深蓝色海水的映衬下呈淡淡的紫色。鱼

---

① 此处指古巴——古巴是个狭长的岛国。

尾一摆,大鱼贴近水面游动,老人可以看见它那巨无霸的身躯以及身上那一条一条的紫色斑纹。它的脊鳍朝下耷拉着,巨大的胸鳍如扇展开。

就在这一圈,老人看见了它的眼睛,还看见有两条乳鱼围着它打转转。乳鱼时而紧贴它,时而离它而去,有时则舒缓地在它投下的阴影里游动。每条乳鱼的身长都超过三英尺,快速游动时全身摆来摆去,似鳗鱼一般。

老人大汗淋漓,这不仅是因为被太阳晒的,也有情绪紧张的缘故。大鱼不慌不忙在兜圈子,每兜一圈,他都能收回一截子鱼线。他确信,再兜两圈,就可以使用鱼叉了。

"必须让它再近点,再近点,"他暗忖,"动手时万不可扎它的头,必须直取心脏。"

"保持冷静,坚强些,老家伙!"他鼓励自己道。

兜圈子时,鱼背曾露出了水面,但离船太远,兜下一圈时还是太远,只是出水的鱼背又高了些。老人觉得,再收回一截鱼线,就能把大鱼拉到船边来。他早已把鱼叉备在手边,叉上的细绳盘成一卷放在一只圆形篮子里,一端牢牢拴在船头的缆柱上。

大鱼兜完一个圈转回来,看上去冷静、漂亮,只有它那条大尾巴在摆动。老人鼓起劲把它朝跟前拉。大鱼侧翻了一下,随后马上端正身子,继续兜它的圈子了。

"我毕竟还是把它拉动了,"老人喃喃自语,"我毕竟还是把它拉动了。"

他感到头晕目眩,但他拼全力死拽住大鱼不放手,心里对自己说:"再来一次,也许可以把它拽过来。用劲呀,手! 站稳呀,腿! 保持清醒呀,头! 为了我,坚持住! 你可从来没有眩晕过呀! 这一次,我一定要把它拉过来。"

可是,待他使出吃奶的力气,没等大鱼游过来就开始发力,全力拽鱼时,那鱼只是侧了侧身子,马上又正过来,扬长而去了。

"鱼啊鱼,"他说道,"你反正早晚是个死。难道你要我陪你死不成?"

"照这样下去,不会有什么结果的。"他心想。他口干得厉害,连话都说不成了,但值此危急时刻他不能取水喝。"这次,必须把它拖过来。再兜几圈,我恐怕是支撑不住了。"但他马上又鼓励自己道,"你能行,能坚持下去,一定能坚持到最后!"

在兜下一圈时,他差点把大鱼拉过来,但大鱼又调整好体位,慢吞吞地游走了。

"你这是要我的命呀,大鱼!"老人心想,"但话又说回来,你有权这样做。你是我这辈子见到过的最厉害、最漂亮、最冷静、最高贵的鱼了,兄弟。来吧,过来取我的命吧。至于谁死谁之手,我已不在乎了。哦,我的脑子开始糊涂起来了。必须保持头脑冷静!

一定要让脑子冷静下来！要像男子汉一样，或者像勇敢的鱼一样，临危不乱！"

"脑袋呀，你可要保持冷静！"他以一种几乎听不到的声音对自己说，"保持冷静！"

大鱼又兜了两圈，情况仍未发生变化。

"这是怎么啦？"老人心想。他每做一次尝试，都有一种快要昏死的感觉。"这是怎么啦？没关系，我还要再做一次努力。"

他又开始把大鱼朝跟前拉，就在把大鱼拉得侧过身子时，那种快要昏死的感觉又出现了。那鱼重新端正体位，把巨大的尾巴在水面上摆了几摆，就又慢悠悠游走了。

"我还要干下去。"老人信誓旦旦地对自己说。不过，此时的他双手变得软绵绵，两眼昏花，视物时清时不清。

他又做了一次尝试，但情况仍未改观。

"这么看来，我还需再试一次。"他心想。只是未等他动手，那种快要昏死的感觉就又出现了。

他忍住疼痛感，聚集起体内所残存下的所有的力量，重新拾起早已消失的自尊心，全力对付痛苦不堪的大鱼，把它拉到跟前——那鱼儿傍船缓缓游动，嘴几乎碰着小船的船壳板，随之擦船而过，身子又高又宽，银光闪闪，带着紫色条纹，长得似乎看不到头。

老人把鱼线丢到船板上，一脚踩住，随手拿起鱼叉，举得高高的，使出全身的力气以及他刚刚聚集起的力气，趁着巨大的鱼的胸鳍高扬在空中，与他的胸口齐的时候，噗的一声将鱼叉扎入鱼胸鳍稍靠后一点的位置。他感到那铁叉插入了鱼体，于是将身子压在铁叉上，让它扎得更深一些，靠全身的重量拼命推那鱼叉。

大鱼死到临头，拼命挣扎起来，忽地高高跳起在空中，极长、极宽，力大无穷，很是漂亮——这一切让老人一览无余。它仿佛悬挂在立于小船中的老人头顶上方一样，随后便砰的一声掉在水里，水花溅了老人一身，溅得船上到处都是。

老人感到头晕、恶心，视物不清。但他撒开了鱼叉上的鱼线，让鱼线从他那受了伤的双手间慢慢滑出。当眼睛能看得见东西时，他发现大鱼仰面朝天，银白色的肚皮朝上翻。鱼叉从大鱼的肩部插入，鱼叉杆斜斜地露出在外，大鱼心脏里流出的血把海水都染红了。起初，那血水深红深红，沉到蓝色的海水里有一英里多深，看上去就像一群鱼似的，随后便如浮云般散开了。大鱼银白银白，一动也不动，随着海浪一起一伏。

老人用昏花的眼睛仔细看了看，然后把鱼叉上的绳子在船头的缆柱上绕了两圈，将脸埋在双手之上。

"我一定要让头脑保持清醒，"他靠在船头的木板上说，"累坏了，年龄不饶人啊。但我还是杀死了我的大鱼兄弟。接下来还有

海明威小说精选

一大堆活儿要干呢。"

"我得准备好套索和绳子,把它绑在船边。"他心想,"即便船上有两个人手,能够把它拉上来,将船上的东西腾空,也容不下它那么大的个头。我能做的只是把一切都准备好,拉它过来,捆得牢牢的,竖起桅杆,然后扬帆回家。"

他开始动手把大鱼朝船跟前拖,以便用一根绳子穿进它的鳃,再从嘴里拉出来,把它的脑袋紧绑在船头旁。

"我想时时看看它,"他心想,"用手碰碰它,摸摸它。它现在是我的财产了。不过,我想摸摸它倒不是为了这个。我觉得我刚才已经触到了它的心脏——那是在我第二次握着鱼叉杆往深处扎的时候。现在得把它拖过来,牢牢绑住,用一根索套拴住它的尾巴,另一根拴住它的腰部,把它牢牢系在这小船上。"

"动手干活吧,老家伙,"他说着,稍微抿了一口水,"战斗算是结束了,要干的活仍很多。"

他抬头望望天空,再看看船外的鱼。他把太阳仔细看了看,心想:"现在过了正中午没多久。起贸易风了。至于那些鱼线,就不管它们了,回家后和那孩子一起把它们连接起来就是了。"

"过来吧,鱼儿。"他叫了一声。可大鱼没有听他的召唤,而是漂浮在海里,在那里随波浪翻滚着身子。老人只好把船向它跟前划。

第四章

当老人和大鱼到了一处,船头和鱼头并在一起时,他简直不敢相信它竟有那么大。他从缆柱上解下鱼叉杆上的绳子,穿进鱼鳃,从嘴里拉出来,在剑状鱼嘴上绕了一圈,然后穿过另一个鱼鳃,再在鱼嘴上绕一圈,最后将两股绳子打结,紧系在船头的缆柱上。接下来,他割下一截绳子,走到船艄去套住鱼尾巴。鱼已经从原来的紫银两色变成了纯银色,身上的条纹和尾巴均呈淡紫色。那些条纹比一个人摊开的手掌还要宽,而那双鱼眼看上去冷漠得像潜望镜的镜片,或者像宗教游行队列中的圣徒像。

"刚才那一鱼叉,是杀死它唯一可行的办法。"老人自言自语道。饮了一点水,他感觉好了些,知道自己不会垮掉的,大脑清清楚楚。

"论它那个头,要超过一千五百磅,也可能还要多。如果剔除杂质,留三分之二的净肉下来,照三角钱一磅计算,该有多少钱?"

"算账我得有一支铅笔,"他自言自语道,"现在脑子不清,算不好。我今天的作为,我想肯定会让伟大的迪马吉奥为我感到骄

海明威小说精选

傲的。我虽然没有长骨刺①,两手和脊背却疼得厉害。"

"我直到现在都不知道骨刺是什么玩意儿,"他心想,"恐怕真的长了骨刺都浑然不知呢。"

他把大鱼分三处绑牢——绑在船头、船尾和船中央的划手座位处。那鱼个头可真大,就好像是在小船旁又绑了一条船,而且体积要大得多。他割下一截鱼线,把大鱼的下颌和上颌扎在一起,使它的嘴不能张开,让小船可以利利索索地行驶。然后,他竖起桅杆,把那根常用作鱼钩的带钩的棍子撑好,安装上帆杠,扯起打满补丁的船帆起航了。小船向西南方行驶,而他半躺在船尾休息。

他不需要罗盘,也照样知道西南方在哪里,只需凭着对贸易风的感觉以及船帆的状况就可以做到心中有数。

"现在最好找点鱼饵,放一条细鱼线进水里钓些东西吃,喝点水润润喉咙。"他心里这样想。

可是四处找不到鱼饵——那些沙丁鱼鱼饵都臭掉了。后来,小船经过一簇黄色的马尾藻,他就用鱼钩钩了上来,抖了几抖,把藏在里面的小虾抖到了船板上。总共有十来只小虾,活蹦乱跳,

---

① 上文提到迪马吉奥脚后跟长了骨刺,却仍然坚持下来,在球场上创造了奇迹。老人借说"骨刺",实指自己虽有伤痛,照样创造奇迹,杀死了大鱼。

跟沙蚤①一样。老人用拇指和食指掐去它们的头,连壳带尾巴嚼着吃下去。沙蚤虽小,但老人知道它们营养丰富,而且味道鲜美。

瓶子里还有两口水,他吃完虾后喝了半口。尽管困难重重,小船行驶的情况还是挺不错的。他把舵柄夹在腋下,掌握着小船的航向。大鱼就在跟前,真实可见。只要看看双手,感觉得到自己真真实实背靠在船尾的船板上,他就可知所经历的一切均是事实,而非梦幻。刚才,事情快结束的时候,他曾经一度感觉很差,怀疑眼前的现象是梦境。后来见大鱼跳出水面,一动不动高悬在空中,片刻之后才跌回水里,他觉得那种现象极为诡异,无法相信其真实性。那时的他视物不清,而现在视力恢复得跟往常一样了。

现在他看到大鱼就在眼前,而他的手受伤和脊背疼都不是梦幻。

"这手很快就会痊愈的,"他心想,"血流够了,海水就会治疗好手上的伤口。这可是真正的海湾,那黑骏骏的海水就是最好的治病的药水。现在只需保持头脑清醒就是了。我的手尽了本分,目前航行状况良好。看那大鱼嘴巴紧闭,尾巴一上一下的,我俩就像一对亲兄弟。"

---

① 亦称沙跳虾,善跳跃,以有机碎屑为食,生活在高潮线附近的海滩上,白天钻入沙内,夜出寻食。

可接下来,他的脑子开始犯糊涂,有点不清醒了。他心想:"究竟是它带我回家,还是我带它回家?假如是把它拖到船后,这个问题就不用问了。还有,假如大鱼威风扫地,被捕捞到船上,这个问题也不用问了。可是,我俩是拴在一起并排航行的呀!算啦,只要它高兴,就算是它把我带回家好啦。我只不过靠玩计谋才占了上风,反正它对我又没有恶意。"

他们一路顺风顺水。老人把手浸在海水里,竭力要让大脑清醒下来。空中云山高耸,云山之上卷云缭绕。老人据此判断这一整夜都将会微风习习。他不时把目光转向大鱼,以确定一切均是事实。但一个小时之后,他遭到了鲨鱼的攻击。

鲨鱼的出现绝非偶然。大鱼死时,成片的深红色鲜血下沉,散于一英里深的海水里,引得鲨鱼从深海循迹而来。它来势凶猛,肆无忌惮,猛冲出蓝色的海面,暴露于阳光之下。随后它又钻入大海,循着血腥味,沿着小船和大鱼所走的路线跟踪而来。有时它会失去线索,嗅不到那血腥味,但很快又会找到线索。只要一嗅到哪怕是一丁点血腥味,它就飞速前进,寻踪拼命地游来。这是一只巨大的灰鲭鲨,体形优美,游速可与大海里游得最快的鱼相媲美。除了上下颌,它周身没有一处不漂亮。它的脊背蓝蓝的,跟剑鱼的一样,肚皮银光闪闪,浑身上下光滑、美丽。除了那巨大的上下颌之外,它的身体构造与剑鱼相似。此时只见它上下颌紧合，贴着水面飞一般游来，背鳍高耸，稳稳的一点也不抖动，似利刃般划开海水。它那紧闭的双唇后边有八排牙齿，全都向后倾斜。一般鲨鱼的牙是金字塔形的，而灰鲭鲨的则不然，倒像人的手指一样——外形似爪子一般蜷起来的人的手指，长度跟老人的手指差不多，上下牙都锋利如刀片。这样的鱼天生以海里所有的鱼为食，游速快，力大无穷，装备着利齿，所向无敌。此时，这只灰鲭鲨嗅到了新鲜的血腥味，加快了速度，它那蓝色的背鳍劈开了茫茫的海水。

老人见它游来，看出它是一只无所畏惧、为所欲为的鲨鱼，于是将鱼叉备好，把鱼叉上的绳子拴牢，注视着它渐渐接近。鱼叉上的绳子有点短，因为他绑大鱼时割断了一截。

这工夫他大脑清晰、正常，虽胜算渺茫，但决心很大。他觉得刚才所有的一切过于美好，不能够长久。他注视着越来越近的鲨鱼，再望一眼旁边的大鱼，心想："这简直就是一场梦。我无法阻止它发起攻击，却能够与它决一死战。登图索①，遇到我，算你他妈的倒霉！"

鲨鱼飞速向船尾袭来，一口咬住了大鱼。老人看见它张开血盆大口，眼睛怪模怪样的。鲨鱼咬的是尾部靠上一点，牙齿咬得

---

① 原文是 Dentuso（西班牙语），意思是"牙齿锋利的鲨鱼"。

海明威小说精选

咔吧作响,越咬越深。它的头露出水面,脊背也逐渐浮出。老人可以听见刺啦刺啦大鱼的皮肉被撕裂的声音。他抄起鱼叉向鲨鱼的头部扎去,正扎在两条线的交叉之处——一条处于两眼之间,另一条从鼻子通向背部。按说,这样的线条实际上并不存在。实际存在的只有鲨鱼那沉重的尖尖的蓝颜色脑袋、大大的眼睛,以及那嘎吱作响、具有强大推动力、吞噬一切的血盆大口。不过,那交叉处却是鲨鱼的脑子所在之处,所以老人选中了此处下鱼叉。他用血肉模糊的双手举叉拼尽全力扎进去,一叉命中。他并不抱有一叉毙命的希望,却持有决一死战的决心以及十足的敌意。

鲨鱼翻了个身,老人看出它眼睛里已经没有了生气。接着,鲨鱼又翻了个身,此时鱼叉上的绳子在它身上已缠了两圈。老人知道它已死,但对方硬是不肯接受这个现实,而是肚皮朝天胡乱扑腾尾巴,嘴里嘎吱嘎吱响,像快艇一样在水上蹿腾。海水被它的尾巴搅得白浪翻滚。它的躯体,有四分之三露在水面之上。绳子绷得紧紧的,紧得都发颤,最后咔嚓被挣断了。鲨鱼在水面上静静地躺了片刻,老人紧盯着它。最后,它慢慢地沉下去了。

"它吃掉了大概有四十磅肉!"老人说话出了声。

"它把我的鱼叉也带走了,还有那么多绳子。"他心想,"而且,现在我这条鱼又在淌血,还会把别的鲨鱼也引来的。"

他不忍心再朝那大鱼看上一眼，因为它已经被咬得惨不忍睹。当大鱼遭到攻击的时候，他感到就像自己遭到攻击一样。

"攻击我的鱼，还是让它死在了我手里。"他心想，"它可是我见到过的块头最大的登图索了。块头大的鲨鱼我倒是见过，但没见过这么大的。这简直太好了，好得难以持久。真希望所发生的一切是一场梦，希望我压根儿就没有捕到这条大鱼，而是独自躺在床上的旧报纸上睡觉。"

"不过，是男子汉，就决不能服输。"他自言自语道，"人可以被毁灭，但不能被打败。"

"对于杀死大鱼一事，我还是挺歉疚的。"他心想，"现在可好，严峻的时刻到了，我却连支鱼叉都没有。登图索生性残忍，能力强、力量大，而且聪明。不过，我比登图索更聪明。也许我不如登图索吧，只是在装备上胜过一筹罢了。"

"不要胡思乱想了，老家伙，"他出声地说道，"继续驶你的船吧。车到山前必有路。"

"但我还得想，"他心里嘀咕道，"我现在能做的只有遐想。想想这些，再想想棒球赛。我一叉击中鲨鱼的脑部，不知道伟大的迪马吉奥是否喜欢这样的战略。这也算不上了不起的事情，人人都办得到。但是，我的手受了伤，这恐怕跟迪马吉奥脚后跟长骨刺一样，也许算是很大的一种困难吧？谁能说得清呢。我的脚后

83

跟从未出过毛病,只有一次除外——那次游泳时踩在一条鳐鱼①身上,被电了一下,腿肚子以下都不能动了,疼得让人受不了。"

"还是想点开心的事情吧,老家伙,"他说道,"每过一分钟,你就离家近一步。丢了四十磅鱼肉,你航行起来不是更轻快了嘛。"

他很清楚小船驶进海流的中心部分会出现什么样的险情。可是眼下一点办法也没有。

"不,办法还是有的,"他出声地说道,"我可以把刀子绑在一支桨的桨头当武器嘛。"

他说干就干,将舵柄夹在腋下,一只脚踩住船帆的脚索,把刀子绑了上去。

"这下,"他说道,"我老虽然老,但并非一个手无寸铁的老人。"

此时微风拂面,小船顺利前行。他眼睛望着大鱼的前半截身子②,心里又升腾起了希望。

"缺乏希望就等于愚蠢,"他心想,"我认为缺乏希望也是一种罪过。算啦,就不要管什么罪过不罪过的了,眼下的麻烦已经够多的了。再说,对于这种事情我一窍不通。不了解是其一,我也

---

① 有些鳐鱼具有发电器官,由位于头部、尾部的特化肌肉形成。这些鳐鱼被称作电鳐,它们产生的高电压能将猎物击昏或致死。

② 大鱼的后半截身子已被鲨鱼咬得惨不忍睹。

不知道自己究竟信不信那一套。也许,杀死大鱼这件事本身就是罪过。即便我的目的是谋生以及给大家提供食物,恐怕也得算是罪过。不过,话又说回来,任什么事情都是罪过。此事就不容多想了。就是后悔也来不及了。有些人拿钱就是考虑这种问题的,让他们费这心思吧。你天生就是打鱼的,而这条大鱼生下来就是一条鱼嘛,道理是一样的。圣·彼得①曾为渔夫,伟大的迪马吉奥的父亲也是渔夫,没什么可说的。"

不过,对于自己所涉及的事情,他还是很愿意想一想的。眼下没有报纸看,也没有收音机听,他便浮想联翩,深入思考起关于罪过的问题。

"你杀死大鱼不单单是为了谋生,不单单是为了把鱼肉卖掉以换取食物,"他心想,"你杀死它也是为了尊严,因为你毕竟是渔夫嘛。它活着的时候你爱它,死后你仍然爱它。如果真心爱它,杀死它就不是罪过了。或者说是更大的罪过?"

"老家伙,你思虑过重了。"他出声地说道。

"但是对于杀死鲨鱼,你却乐在其中。"他心想,"它跟你一样呀,靠吃活鱼维持生命。它可不像有些鲨鱼那样吃腐肉,或者吃杂食。它美丽而高贵,而且无所畏惧。"

---

① 耶稣的门徒之一。

　　　　　　海明威小说精选

"我杀死它是为了自卫，"老人想着想着说出了声来，"我让它死得很痛快。"

"再说，"他心想，"杀生是常见的，只是方式各不相同罢了。我以捕鱼为生，而捕鱼会要我的命。只有那孩子给我以生的希望。我可不能犯傻，把自己搅糊涂。"

他把身子探出船舷，从大鱼身上被鲨鱼咬过的地方撕下一块肉，放在嘴里咀嚼起来。他觉得肉质很好，味道鲜美，又瓷实又多汁，像牛肉，不过不是红色的，一点筋也没有。他知道这样的肉在市场上能卖最高的价钱。遗憾的是眼下他无计可施，无法阻止大鱼的气味在海水里扩散。他知道，极为严峻的时刻即将来临。

微风习习，略微偏东北方。他知道，风向偏东北方意味着这风不会停下来。他放眼望向前方，不见一丝帆影，也看不见任何一只船的船身或冒出来的烟。只看得见有飞鱼从小船的船头下一跃而起，随后向两侧逃窜，还看得见一簇簇黄黄的马尾藻。甚至连只飞鸟都看不见。他一边在船尾休息，一边从大马林鱼身上撕下一片肉来咀嚼，努力恢复体力、保持精力。这么航行了两个小时之后，一条鲨鱼露面了（还有一条也将出现）。

"哎哟！"他不由叫了一声。这一声的含义无法解释，也许只是一种不由自主发出的声音罢了，就跟一根钉子穿过一个人的手掌钉在木头上，他所发出的叫声一样。

"加拉诺①!"他又叫了一声。只见又有一道鲨鱼鳍出现在第一条鲨鱼的后面,根据它们棕褐色的三角形鱼鳍和甩来甩去的尾巴,可以判断是铲鼻鲨。它们嗅到了气味,很是兴奋。由于饿昏了头,再加上兴奋,它们一忽儿断了线索,一忽儿又嗅到了气味。不过,再怎么样,它们都是步步逼近。

老人将船帆的脚索拴牢,用东西卡住舵柄,然后抄起那支绑着刀子的桨。由于手疼得不听使唤,拿桨时,他尽量让动作轻缓一些。他先是伸开手掌,轻握木桨,再将手指舒展舒展。接下来,他把手指紧紧合起来,这样手便可承受疼痛而不至于临阵退缩了。他观望着鲨鱼越游越近,看得见它们的脑袋又宽又扁,呈铲子状,胸鳍宽宽的,胸鳍尖是白颜色的。这种鲨鱼让人讨厌,散发出难闻的气味,既吃腐鱼也捕猎活鱼,饿极了连船上的木桨或木舵也会咬上一口。就是这些鲨鱼,会趁海龟在水面上睡觉的时候咬掉它们的脚和鳍状肢,只要肚子饿,也会在水里袭击人——即便遇袭者身上并没有鱼血或鱼黏液的腥味也难幸免。

"哎哟!"老人说,"加拉诺! 来吧,加拉诺!"

它们来了,但跟灰鲭鲨进攻的方式有所不同。其中的一条转身消失在小船底下,死咬住大鱼又是拉又是扯,老人感到小船随

---

① 为男孩子起的名字,此处海明威用来称呼铲鼻鲨。

之晃动不已。另一条把黄眼睛眯成一条缝盯住老人,随后猛扑过来,将半圆形的大口张得大大的,在大马林鱼身上选了一处已经被咬过的地方咬了下去。它那棕褐色的脑袋顶部以及背部有一道纹线,清楚地标明了脑子跟脊髓的相连之处。老人把绑在桨上的刀子就扎在了这相连之处,接着又拔出刀扎进它那猫一样的黄眼睛里。鲨鱼放开了咬住的鱼,身子朝下沉,临死时还把咬下的肉吞进了肚子。

另一条鲨鱼仍在撕咬大马林鱼,小船仍晃动不已。老人松开船帆脚索,让船身横过来,使船底下的鲨鱼暴露了出来。他看得清楚,从船舷上探出身子,一刀朝它戳去。他只戳在了肉上,但鲨鱼的皮紧绷着,刀子几乎戳不进体内。这一戳不仅震痛了他的双手,也震痛了他的肩膀。不过,鲨鱼迅速地浮了上来,露出了脑袋。老人趁它的鼻子伸出水面与大马林鱼紧挨在一起的当儿,对准它扁平脑袋的中心部分直扎过去,随之拔刀朝着同一地方又扎了一刀。鲨鱼紧锁上下颌,仍咬住大鱼不放。老人一刀戳进它的左眼,它还是死不松口。

“还不松口吗?”老人说着,把利刃戳进了它的椎骨和脑子之间的部位。这一刀戳得很顺手,他感到鲨鱼的软骨被他戳断了。接下来,他把桨倒过来,将刀刃插进鲨鱼的两颌之间,想把它的嘴撬开。他把刀子搅动了几下,鲨鱼总算松了口。他冲着鲨鱼说道:"去吧,加拉诺!沉到一英里深的水里去见你的朋友吧——或者说,那也许是你的妈妈吧。"

老人擦了擦刀刃,把桨放下,然后找到船帆脚索,张起帆来,驾驶着小船继续前行。

"它们咬走的肉一定有四分之一之多,而且是鱼身上最好的肉。"他出声地说道,"但愿这是一场梦,我压根儿没有钓到这条大马林鱼。鱼啊,对不起了。一切都弄得颠三倒四。"他说着停了下来,简直不忍心去看大鱼了。那鱼体内的血已流尽,被海水冲来冲去,通体呈银白色,跟镜子背面镀的颜色一样,身上的条纹依旧看得出来。

"我真不该跑这么远来打鱼,鱼啊,"他说,"对你对我都不好。我很抱歉,鱼啊。"

接下来,他又对自己说:"检查一下绑刀子的绳子,看看断了没有。把你的手处理一下,还会有鲨鱼来的。"

"有块磨刀石就好啦,"老人检查了绑在桨头的刀子后说,"真该带一块来。"

"该带的东西多着呢,"他心想,"可是你并没有带来,老家伙。现在可不是考虑带没带东西的时候,而是该考虑一下利用手头的东西怎么办吧。"

"你提的忠告倒是不少呀,"他出声地对自己说,"我都听腻了。"

他把舵柄夹在腋下，手浸在水里，任小船向前行驶。

"天知道最后那条<u>鲨鱼</u>咬掉了多少鱼肉，"他自言自语道，"反正船现在可是轻多了。"

他不忍心去想大鱼那被咬得残缺不全的腹部。他知道鲨鱼每次猛地冲上来，总要撕去一点肉，还知道大鱼现在留下了痕迹，痕迹之宽犹若海面上的一条公路，所有的鲨鱼都可能会觅踪而来。

"这么一条鱼，够一个人整整一冬天的用度呀。"他心想，"还是别想它了，抓紧时间休息，把手调理好，准备为保卫剩下的鱼肉而战。水里的血腥气重，我手上流这点血的气味就算不上什么了。再说，手上流的血也不多。手上划破点皮肉，影响不了什么。这左手流了血，也许就不会抽筋了。现在该考虑些什么呢？什么都不考虑，什么都不应该考虑，只准备迎战即将到来的鲨鱼就是了。真希望这是一场梦。不过，鹿死谁手还不知道呢。也许，最后的结局是好的。"

接着冲来的鲨鱼是条单个儿的铲鼻鲨。它兴冲冲而来，就像猪来饲料槽就餐一样——只不过它的嘴比猪的大多了，一口能把一个人的头吞进去。老人让它咬住大鱼，然后连刀带桨捅进了它的脑子里。那鲨鱼向后一挣，打了个滚，刀刃啪的一声断了。

老人坐下来继续掌舵前行,对那条大鲨鱼连看都不看——鲨鱼慢慢向下沉,起先还大大的,然后逐渐变小,最后成了一丁点大。往常,这种现象让老人看得入迷,而此时他甚至连一眼都不愿看。

"现在只剩下鱼钩了,"他自言自语道,"但用它对付鲨鱼不会有效果的。还有两支桨以及舵把和短棍可以当武器。"

"这次输在了它们手里,"他心想,"我太老了,用木棍是打不死鲨鱼了。不过,既然手头还有船桨、舵把和短棍,我就要试试。"

他又把双手浸在水里泡着。此时已是午后时分,除了海与天,别的什么也看不见。空中的风比刚才大了些。他希望用不了多久就可以看到陆地。

"你累了,老家伙,"他对自己说,"你的心累坏了。"

此后一段时间平安无事,但太阳快要落下去的时候,又有鲨鱼冲了过来。

老人看到有棕褐色的鲨鱼鳍在逐渐接近——大马林鱼的气味一定在水里留下了宽宽的痕路,而鲨鱼正是沿着这痕路寻来的。它们不是东嗅西嗅地寻来,而是肩并肩直直地朝小船游了过来。

他固定好舵柄,伸手到船艄下取出棍子。那棍子原是个桨柄,是从一支断桨上锯下来的,大约有两英尺半长。由于上面有个手柄碍事,他只能用一只手有效地使用,于是他就用右手牢牢地攥住了它。他一面弯曲手指握住木棍,一面注视着扑来的鲨鱼。游来的两条鲨鱼都是加拉诺。

"我得让冲在前边的那条鲨鱼咬紧了大马林鱼,再一棍子打在它的鼻尖上,或者直接打在它的脑门上。"他心想。

两条鲨鱼齐头并进逼了过来。他见离他最近的那条张开血盆大口,一口咬在了大马林鱼银白色的腰部,便高高举起棍子,重重地打下去,砰的一声打在鲨鱼的宽脑门上。棍子落下时,他感到就好像打在了硬硬的橡胶上,同时也感到鲨鱼的骨头极其顽硬。眼见鲨鱼从大马林鱼的身边朝下沉,他又紧接着一棍重重打在了它的鼻尖上。

另一条鲨鱼时进时退,此时张着大嘴又冲了过来。它猛地冲向大马林鱼,一口咬紧,老人可以看到鱼肉从它的嘴角露出,白生生的。他忽地一棍子打去,只打中了它的头。那鲨鱼望了他一眼,一口撕走了咬在嘴里的肉。老人见它要溜走去吞食嘴里的肉,就抡棍又给了它一下,这一下打在了硬橡胶般的沉重鱼体上。

"来呀,加拉诺!"老人叫道,"再来一次!"

鲨鱼箭一般冲了过来。老人趁它合上嘴咬鱼肉时给了它一棍子。他尽一切力量把棍子举得高高的,这一棍子打得结结实实。这次,他觉得自己打在了鲨鱼的脑底骨上,于是又在同一地方打了一棍子。鲨鱼缓慢无力地撕下一片鱼肉，从大马林鱼身边消失了。

老人观察着动静，等待着它再出现，但两条鲨鱼都不见了踪影。后来，他倒是看见有一条在海面上游着兜圈子，但始终未看见另一条的鱼鳍。

"我无法指望将鲨鱼杀死，"他心想，"年轻力壮的时候倒是可以办得到。不过，我让它俩都负了重伤，没有一条能觉得好受。如果手上有一根棒球棒，非得要了那第一条鲨鱼的小命。即便现在这个年龄也办得到。"

他不忍看大马林鱼，情知它的半个身子已经被咬烂了。他刚才跟鲨鱼搏斗的时候，太阳已经落下去了。

"天马上就要黑了，"他自言自语道，"那时我将看到哈瓦那的灯火。如果往东走得过了头，看到的将会是一片新开辟的海滩上的灯光。"

"现在离海岸不会太远了，"他心想，"但愿没有人为我感到担心。当然，为我担心的只有那孩子。不过，我敢肯定他对我是有信心的。有许多年纪大些的渔夫也会为我担心的。还有很多人也会担心。镇上的好心人大有人在。"

他不能再跟大马林鱼说话解闷了，因为那鱼已被咬得残缺不全了。就在这时，他心里产生了一种想法。

海明威小说精选

"半条鱼啊,"他说道,"你原来可是好好的一整个身子呀。都怪我这次捕鱼跑得太远,把咱俩都毁掉了。不过,你和我却让不少鲨鱼送了命。你生前杀死过多少条生命,老伙计?你头上长的那张长矛一样的嘴可不是吃素的哟。"

他喜欢想到大马林鱼,想到如果它在海里畅游,会怎样去对付一条鲨鱼。

"应该把它那长嘴砍下来当武器跟鲨鱼战斗,"他心想,"只是手头既无斧又无刀,砍不成。假如砍下了长嘴,绑在船桨桨头,那该是多么棒的武器啊!那时,让它们一起来,我也可以和它们斗一斗了。万一它们夜间来袭,那该如何是好?你该如何应对呢?"

"跟它们斗,"他说,"我要跟它们决一死战。"

眼前漆黑一片,看不见光晕,也看不见灯火,只有呼呼的风声以及始终鼓满风的船帆相伴,他怀疑自己已经死了。他把两手合在一起,用掌心感觉了一下。这双手还有生命,一张一合都有疼痛感。他背靠在船尾的木板上,情知自己没有死去——这是他的肩膀告诉他的。

"我可是许过愿的,说如果逮住这条大马林鱼,就念许多遍祈祷词。"他心想,"但现在都快累死了,念是念不成了。最好还是把麻袋片拿来,搭在我的肩膀上。"

他躺在船尾,掌着舵,仰望着天空,期待这会儿出现光晕。

"现在只剩下半条鱼了，"他心想，"假如还有点运气的话，也许可以把这鱼的上半身带回去吧。"

"恐怕不行，"他自言自语道，"你捕鱼跑这么远，本身就是背运之举。好啦，别犯傻了。现在要做的是保持头脑清醒，掌握好方向。也许好运在后头呢。如果有地方卖好运，我倒想买一些呢。但用什么买呢？鱼叉丢失在了海里，刀子折断了，双手负了伤——难道凭这些能买到好运吗？也许可以吧……你曾经一连航海八十四天，试图买到好运，结果还差点办到了呢。"

"真不该这么胡思乱想，"他心想，"好运常常以各种各样的形式出现，谁能认得出来呢？不管什么形式，我都愿意买一些，要什么样的价钱都可以。但愿能看到灯火发出的光晕！我的愿望真是太多了。不过，目前我只有这一个愿望。"

他竭力想坐得舒服些，掌握好船舵。由于感觉到身上疼痛，他知道自己没有死去。大约在夜里十点钟的时候，他看见了城市的灯火映在天空的光晕。那片光起初只是依稀可见，淡若月亮升起前天上的微光，后来在海面上便望得清楚了。此时浪涛汹涌，风力在加大。他驾船驶入了光圈里，心想用不了多久便可抵达湾流的边缘了。

"总算结束了，"他心想，"不过，它们很可能还会来袭击。在这漆黑的夜里，手里没有武器，怎么跟它们斗呢？"

他浑身僵硬、酸疼。在夜晚的寒气里,他的伤口和身上所有用力过度的地方都在作痛。

"但愿不会再有战斗了,"他心想,"我真的希望不会再有战斗了。"

可是到了子夜时分,战斗又发生了。这一次,他知道自己再怎么也是无用的。鲨鱼成群扑来,直奔大马林鱼。但见鲨鱼鳍在水面上划出一道道线,鲨鱼身上磷光闪闪。他抡起棍子在它们的脑袋上乱打,耳旁响起鲨鱼咬大马林鱼时发出的咔嚓声,感到小船晃来晃去。他一感到有动静,一听到有声响,就拼命地抡棍打去,后来觉得有样东西咬住了棍子,棍子也就丢失了。

他猛一扭把舵柄从船舵上卸了下来,用它又砍又戳,以双手死死抓住,一次次地刺啊戳啊。而鲨鱼仍向船头冲来——接二连三地冲,成群结队地冲,把大马林鱼的肉一片片撕走。它们杀回马枪的时候,嘴里叼的肉在水面下闪闪发亮。

最后,有条鲨鱼朝鱼头冲来,他知道这下子这场争斗算是结束了。鲨鱼咬住大鱼脑袋最厚实的地方,硬是撕不下来,结果嘴被卡在了那儿,他趁机一舵柄砸在了鲨鱼的头上。他砸了一下又一下。后来听见咔嚓舵柄裂开了,他便把那裂开的舵柄刺向鲨鱼。他感到舵柄刺进了鲨鱼体内,知道这玩意儿很锋利,于是便朝深处扎去。鲨鱼挣脱了,打了个滚游走了。鲨鱼群里,这是最后一条来进餐的鲨鱼了。再没有东西可吃了。

老人此时简直有点喘不过气来了,觉得嘴里有股怪怪的味道,一股铜的味道,还甜甜的。他一时害怕起来,好在这味道并不很浓。他朝海里啐了一口说:"把这吃了吧,加拉诺们。做你们的美梦去吧,梦见你们咬死了一个人。"

他知道自己最后还是遭到了失败,现已回天乏力。他返回到船尾,发现舵柄那锯齿形的断头还可以安在船舵的狭槽里,使他能够操纵船舵。于是他用麻袋片把肩膀裹严,驾驶着小船回到了原来的航道。现在,小船航行起来轻轻松松的,而他心里什么也不去想了,什么感觉也没有了。他已超然物外,只顾驾船返航,回到故乡的港口去,一招一式都尽量做到精确、明智。在夜色里,仍有鲨鱼来咬大马林鱼的残骸,就像有人来餐桌吃面包屑一样。老人对它们理也不理——除了掌舵驾船,他对什么都不理睬了。他留意到小船旁少了沉重的累赘,现在变得是多么轻快和灵巧啊。

"船还是好好的,"他心想,"状况良好。除了舵柄,没有任何损坏。找个舵柄来替换掉是很容易的。"

他感觉得到小船已驶入了湾流,可以看见沿岸海滨住宅区的万家灯火了。他很清楚自己已到了什么位置,顺利回家已没有任何问题了。

"要说,风儿真是我们的好朋友啊……"他心想,"……有时候

97

可以这么说。还有大海,里面既有我们的朋友也有我们的敌人。床呢? 床是我的朋友。只要有床就够了。床是个了不起的东西——你吃了败仗,躺在上面会让你心情放松。这样的滋味我还从未尝过呢。你是被什么打败了呢? 什么都没有。怪都怪我捕鱼跑得太远了。"

等他驶进小渔港里,露台饭馆的灯光已熄灭了。他知道人们都上床睡觉了。风力渐渐加大,此刻风势已很猛了。然而港湾里却静悄悄一片。他直驶到岩石脚下一小片卵石滩前。跟前无人帮忙,他只好尽可能把船划得紧靠岸边。随后,他跨出船来,把船拴在一块岩石上。

他把桅杆从桅座上取下来,将船帆卷好,捆了捆,然后扛起桅杆往岸上爬。这时他才知道自己已经累到了什么程度。他停下来歇了一口气,回头望望,借着路灯射出的光看见大马林鱼那巨大的尾巴直直竖立在小船的船艄后。他看得见大鱼那赤露的脊骨像一条白线,脑袋黑乎乎的,而脑袋上的嘴长长的,首尾之间已光秃秃的,只剩下了白骨。

他举步继续朝上爬,到了顶部扑通一声摔倒在地,肩上扛着桅杆就那么躺在地上休息了一会儿。他想站起来,但这对他来说太难了,于是他索性就扛着桅杆坐在那儿,眼睛望着大路。对面远处有只猫走过,匆匆忙忙去干它自己的事。老人观察着它,随后又把目光收回望着大路。

最后,他放下桅杆,立起了身,再拿起桅杆放在肩上,沿着大路走去。一路上他不得不坐下来休息了五次,才回到了他的窝棚。

进了窝棚,他把桅杆靠在墙上,摸黑找到一只水瓶,喝了一口水,然后在床上躺下来。他拉过毯子,盖住肩头,然后裹住了脊背和双腿,脸朝下躺在报纸上,两臂伸得笔直,手掌向上。

早晨,那孩子来了,探头向屋里看了看,见他睡得正香。由于风太大,漂流船无法出海捕鱼,男孩睡了个懒觉,醒后便来到老人的窝棚问安——每天早晨他都是如此。男孩看见老人在喘气,接着看见了老人的那双手,不由潸然泪下。他轻手轻脚出了窝棚去取咖啡,一路走一路流着泪水。

许多渔夫在围观绑在老人的小船旁的鱼骨架,其中的一个卷起裤腿下水用一截鱼线量那死鱼的残骸。

男孩没有走下岸去。他刚才到跟前去过了,其中有个渔夫正在替他看管这条小船。

"他怎么样啦?"一个渔夫大声叫道。

"在睡觉,"男孩大着嗓门说,他不在乎别人看见他在流泪,"谁都不要去打扰他。"

"这鱼从鼻子到尾巴有十八英尺长。"那个量鱼的渔夫叫道。

"这我相信。"男孩说。

他走进露台饭馆,问他们要一罐咖啡。

"要烫的,多加些牛奶和糖在里头。"

"还要什么吗?"

"不要了。喝了咖啡我再看他想吃些什么。"

"好大的一条鱼啊,"饭馆老板说,"从来没有见过这样的鱼。你昨天捕到的那两条也不错。"

"我的鱼算不上什么。"男孩说着,又开始落泪了。

"你想喝点什么吗?"老板问。

"不想喝,"男孩说,"叫他们别去打扰圣地亚哥。我就回来。"

"你跟他说我心里很难过。"

"谢谢。"男孩说。

男孩拿着那罐热咖啡走到老人的窝棚里,在他身边坐下,等他醒来。中间有一次眼看他快醒过来了,可结果又睡了,睡得沉沉的。男孩只好到马路对面去借木柴加热咖啡。

最后,老人终于醒了。

"别坐起来,"男孩说,"把这个喝下去。"他在一只玻璃杯里倒了些咖啡。

老人把它接过去喝了。

"我败在了它们手里，马诺林，"他说，"我实实在在是吃了败仗。"

"你没有败。那条鱼没有战胜你。"

"不错，这是事实。可之后还是败了。"

"佩里科在看着小船和渔具。你打算把那鱼头怎么处理?"

"让佩里科把它剁碎，放在捕鱼器里使用。"

"那张长嘴呢?"

"你想要你就拿去。"

"我想要，"男孩说，"另外还有些事情咱们得计划计划。"

"他们去找过我吗?"

"当然啦。派出了海岸警卫队和飞机去找过。"

"海洋非常大，小船又很小，不容易看得见。"老人说。现在有人说说话，不再只是自言自语以及对着大海说话，这让他心里极为舒坦，"我很想念你。你们捕到鱼了吗?"

"头一天捕到了一条，第二天也是一条，第三天两条。"

"好极了。"

"现在，咱们又可以一起去捕鱼了。"

"不。我运气不好。我不会再交好运了。"

"让运气见鬼去吧，"男孩说，"我会带来好运的。"

"你家里人会怎么说呢?"

海明威小说精选

"我不管。我昨天捕到了两条鱼。反正咱俩要在一起捕鱼，因为我还有好多东西需要学呢。"

"咱们得弄一支能扎死鱼的好长矛，常常备在船上。可以用一辆旧福特牌汽车上的钢板做矛头。可以拿到瓜纳瓦科阿①去打磨。应该把它磨得很锋利，但不要回火烧，免得它会断裂。我的刀子就断了。"

"我去再弄把刀子来，把钢板也打磨好。这场大风要刮多少天?"

"也许三天吧。也可能会超过三天。"

"我会把一切都准备好的，"男孩说，"你把你的手调养好就是了，老爷子。"

"我知道怎样调养。夜里，我嘴里有怪味，吐了一口，觉得胸腔里像有什么东西烂了。"

"那你把胸腔也调养调养，"男孩说，"快躺下，老爷子。我去给你拿件干净的衬衫来。再拿些吃的。"

"我不在这段时间的报纸，你也拿一份来。"老人说。

"你必须赶快调养好身子，我有很多东西要跟你学呢。你可以把你知道的都教给我。你这次吃了不少苦吧?"

---

① 古巴的一座城市，离哈瓦那不远。

"是的。"老人说。

"我去把吃的东西和报纸拿来,"男孩说,"你好好休息,老爷子。我到药店去给你的手弄点药来。"

"别忘了跟佩里科说那鱼头归他了。"

"好。我会记得的。"

男孩出了门,顺着那破损不堪的珊瑚石路走去,一路上落着泪。

这天下午,露台饭馆来了一群游客,有个女人朝下面的海水望去,看见漂浮在那里的空啤酒罐和死梭子鱼中间有一条又粗又长的白色脊骨,尾端连着一条硕大无比的尾巴。东风劲吹,把渔港外的海水搅得波翻浪涌,那尾巴随着潮水起伏、晃动。

"那是什么东西?"她问一个侍者,指着大马林鱼那长长的脊骨——那残骸现在成了一堆垃圾,只等潮水来把它带走了。

"Tiburon①,"侍者回答说,"Eshark②。"他打算解释事件发生的经过。

"我真不知道鲨鱼有这样漂亮的尾巴,形状这么美观。"③

"我也不知道。"她的男伴说。

---

① 西班牙语,鲨鱼。
② 侍者想用英语 shark(鲨鱼)一词,却多加了一个元音"e"。
③ 侍者原想说大马林鱼被鲨鱼咬成了现在的模样,却被对方误以为是鲨鱼的残骸了。

在大路的另一头，老人在他的窝棚里又睡着了。他依旧脸朝下躺着，男孩坐在他身边，望着他睡觉。老人做起了梦，梦见了那些狮子。

乞力马扎罗的雪

乞力马扎罗①是一座雪山,高达 17910 英尺,据说是非洲最高的山。乞力马扎罗的西峰被马赛人②叫作"恩嘉琪－恩嘉怡",意思即"上帝的殿堂"。在靠近西峰的地方有一具已经风干冻僵的豹子尸体。至于豹子为什么要来这么高的地方,无人做过解释。

　　"奇妙之处就在于没有疼痛感,"他说,"发作的时候就是这么

---

　　① 　乞力马扎罗山位于坦桑尼亚东北部及东非大裂谷以南约 160 公里,是坦桑尼亚和肯尼亚的分水岭,非洲最高的山脉,同时也是火山和雪山。
　　② 　马赛人属于尼罗河流域半游牧民族的一个分支,生活在肯尼亚以及坦桑尼亚北部,据 2009 年统计,肯尼亚共有 84 万马赛人。因其独一无二、与众不同的生活习俗、服装和居住地,马赛人成为非洲大陆最为世界所知的一个民族。马赛人有自己的语言,是尼罗河及撒哈拉地区语言大家族中的一员,与苏丹南部丁卡人和努尔人(苏丹境内和埃塞俄比亚边界上的游牧民族)的语言有血缘关系。

　　　　　　　　　　　　海明威小说精选

一种状况。"

"真的吗?"

"当然是真的。不过,气味太难闻,真是抱歉得很。一定叫你感到不舒服了。"

"别这么说! 求你别这么说!"

"你瞧它们!"他说,"到底是看见了我,还是这气味把它们招来了?"

说话的男子躲在一棵含羞草乔木如盖的浓荫里,躺在一张小床上,目光穿过阴凉地投向亮晃晃的平原上,那儿有三只大鸟虎视眈眈守候着,另外还有十来只盘旋在空中,掠过时在地上投下一道道影子。

"自从卡车抛锚的那天起,它们就一直盘旋不去。"他说,"今天这是第一次有几只落在了地面上。它们在天上飞,我起初用心观察过它们飞翔的姿势,想着以后说不定写东西能用得上,现在说来怪可笑的。"

"但愿别写它们。"她说。

"只不过随便说说罢了,"他说,"说说话,感觉能轻松许多。不过,我可不想让你心烦哟。"

"不会让我心烦的,这你是知道的。"她说,"不心烦,但内心却极其不安,这只因为我一点忙都帮不上。想来想去,还是把日子尽量过得轻松些,等着飞机来吧。"

"或者说就这么等下去,飞机压根儿就不来了。"

"请你吩咐,看我能做些什么。总有我力所能及的事的。"

"你可以把我的腿截掉,让我少受洋罪,虽然我对此持怀疑态度。或者开枪把我一枪崩掉。你现在打枪可是个好手了。起初还是我教你打枪的哩,对不对?"

"请别说这么晦气的话。难道我就不能给你读读书解闷吗?"

"读什么书?"

"书包里的书,只要没看过,哪本都可以呀。"

"我怕是听不进去,"他说,"耍耍嘴皮子倒是最轻松。咱们打打口水仗吧,那样来消磨时间。"

"我才不和你拌嘴呢。吵架我是绝对不愿意的。从今往后咱们就不要打什么口水仗了。不管心里有多么烦躁,都不应该吵架。也许,他们今天又会另弄一辆卡车来的。说不定飞机也会来的。"

"我可不想转移了,"男子说,"现在转移已经没有任何意义了,除非能让你感觉好受些。"

"那可是懦夫说的话。"

"一个人快死了,你就不能别骂他了,让他死得舒心一些吗?你这么抹黑我,又有什么意思呢?"

海明威小说精选

"你不会死的。"

"别犯傻了。我正在死去。不然你去问问那些杂种。"他说着向大鸟那边瞅了一眼,只见那三只肮脏的大鸟把光秃秃的脑袋缩起来,缩进耸立的羽毛里。另有一只从天而降,落地后紧跑几步,然后慢慢悠悠朝着同伴跟前走去。

"每个营地都有这种鸟,只是你从来不注意罢了。只要不放弃希望,你就不会死。"

"这样的论断,你是从哪本书上看到的? 你可真是傻得不透气。"

"你应该也为别人考虑考虑。"

"看在基督的分上,"他说,"我历来都是把别人装在心里的。"

他躺在床上,沉默了一会儿,让目光越过平原上一闪一闪的滚滚热浪,飘向灌木林的边缘。黄色的平原上有几只野羊,白白的、小小的,远处的灌木林那边有一群斑马,在绿叶的映衬下显得白乎乎一片。他们的营地扎在参天大树之下,背依山丘,水源充足,是个很舒适的营地,不远处有一个快干涸了的水坑,早晨总有沙鸡在那儿飞来飞去的。

"想让我为你读上几页书吗?"她问,她正坐在他床边的一把帆布椅子上,"起风了。"

"不用了，谢谢。"

"也许会有卡车来的。"

"我才不在乎什么卡车不卡车呢。"

"我在乎。"

"你在乎的东西多如牛毛，而我都不在乎。"

"并不是很多的，哈里。"

"喝上一杯怎么样？"

"喝酒对健康不好。布莱克①的书里说得好，要远离一切酒精。所以，你不应该喝酒。"

"莫洛！"他喊了一声。

"在，先生！"

"拿威士忌加苏打水来。"

"遵命，先生。"

"劝你不要喝了，"她说，"这就是我所谓的'放弃希望'。书上都说了对健康不好嘛。我很清楚，喝酒对你是有害的。"

"言之差矣，"他说，"喝酒对我是有好处的。"

他心想：好啦，这下结束了。要不然，他们会喋喋不休争论个没完。为喝杯酒拌嘴，最后来了个了断。自从右腿生了坏疽，他

---

① 詹姆斯·布莱克(1823—1893)，美国戒酒运动领袖。

　海明威小说精选

就没有了疼痛感,随着疼痛感消失的还有恐惧感,现在只剩下了沉重的疲倦感和愤怒感——他没想到会落得这么个下场。对于这样的结局,以及结局就这样到来,他并不感到奇怪。多年来,它一直纠缠着他的心,可现在它出现了,他反倒不在乎了。事情就这么怪:疲倦过了头,便什么都不在乎了。

他原来收集了些素材,打算等掌握了足够的资料,确保能写好的时候再动笔,现在却永远也写不成了。是啊,他可不愿写上几段就尝到失败的滋味。也许,他压根儿就写不了,所以才一拖再拖,迟迟没有动笔。其中的原因,只有鬼才知道。

"真后悔跑到了这鬼地方,"女人说,她瞥了一眼他那端着酒杯的手,芳唇紧咬,"在巴黎,绝不会出这样的事。你老是说你喜欢巴黎呢。咱们完全可以留在巴黎或者到哪个别的地方去。就是天涯海角,我也愿意随你去的。我曾说过:你去哪儿,我就去哪儿。如果你想打猎,那咱就去匈牙利打猎好啦,那儿会很舒适的。"

"你不就是有些臭钱嘛。"他说。

"这话说得可不公平,"她说,"我的钱,也就是你的钱。我舍弃了一切,跟随你到你想去的地方,做你想做的事情。但话又说回来,我还是后悔跑到了这鬼地方。"

"你不是说过你喜欢这儿嘛。"

"你没出事之前,我的确这么说过。可现在我讨厌这里。真不明白为什么这样的事偏偏发生在你的腿上。咱们究竟做错了什么,竟然有这样飞来的横祸?"

"恐怕都怪我自己,怪我忘了给伤口涂碘酒,就用手抓那儿搔痒。对此我没有经心,因为我从未有过伤口感染的情况。后来,这伤情就恶化了。其他杀菌剂都用完了,可能因为随便涂了些药性差的碳酸溶液,结果令微血管出了问题,引发了坏疽。"他说着看了看她,"除此之外,还会有什么呢?"

"我指的不是这个。"

"当初要是雇的是个懂行的把式,而不是个半吊子基库尤人①司机,他们就会检查检查机油,绝不会让卡车的轴承烧坏。"

"我指的不是这个。"

"假如你没有离开你那社交圈子,没有离开韦斯特伯里高档住宅区、萨拉托加温泉疗养地以及棕榈滩旅游胜地的那些狐朋狗友,而是把我收在了囊中……"

"说什么呀,我是爱你的。这样对我是不公平的。我过去爱你,现在爱你,以后还会永远地爱你。难道你不爱我吗?"

"不爱,"男子说,"恐怕是这样的。我从来就没有爱过你。"

---

① 肯尼亚的一个部族。

“哈里,你在说什么呀? 你简直是昏了头了。”

“不,我已经没有头可昏的了。”

“别喝酒了,”她说,“亲爱的,求你别喝酒了。咱们应该做出一切努力,共渡难关。”

“要努力你自己努力吧,”他说,“我已经筋疲力尽了。”

在脑海里,他看见了卡拉加奇的一个火车站,看见他背着行囊站在那里,辛普伦东方快车的车灯划破了黑暗——大撤退之后,他正要离开色雷斯。这是一段情景,他准备以后写作时用。另外还有一段情景是这样的:吃早饭时,他凭窗远眺,只见保加利亚群山上白雪皑皑,南森①的女秘书问老人那是不是雪,老人看了看说不是的,说那不是雪,还不到下雪的时候呢。女秘书把这话给其他几个女孩子讲了,那些人都承认自己看走了眼,说那的确不是雪。其实,那是雪,一点都不假。等到交换难民,他送她们进山,走到了雪地上。那年冬天,她们踩着积雪走啊走,直至最后倒地死去。

话说同一年过圣诞节的那一周,高尔泰也在下雪,纷纷扬扬一个劲在下。他们住在伐木工的小屋里,这儿的空间被

---

① 南森(1861—1930),挪威北极探险家、博物学家及外交家,曾获 1922 年诺贝尔和平奖。

一个硕大的四四方方的瓷砖炉子占了一半。大家睡的褥垫里装的是山毛榉树叶。这时,那个逃兵跑了来,脚上淌着血,在雪地里留下了痕迹。他说宪兵就在身后追捕他。大家让他换了双毛袜子,宪兵来了就拉着他们胡扯,直至大雪盖住了逃兵的足印。

在舒茨,过圣诞节的那天,白雪亮晃晃的,刺得人眼疼。从旅馆向外看,可以看见人们做完祈祷,从教堂纷纷返回自己的家中。在这个地方,他们肩扛沉重的滑雪板,沿着河岸旁的那条尿黄色的平展的滑雪道攀上松林覆盖的陡峭山坡,然后从耸立在马德莱纳旅馆旁的那座雪山上踩着滑雪板一阵风似的冲下来,雪地平展得像一块涂了糖霜的蛋糕,雪花轻盈得似粉末。他们一路滑行,风驰电掣,无声无息,如鸟儿从天而降。对于这些,他仍记忆犹新。

当时他们住在马德莱纳旅馆,由于暴风雪的缘故受困于此达一个星期之久,整天都借着提灯的灯光在烟雾缭绕的屋子里打扑克解闷。兰特先生输得越惨,赌注下得越高。最后,他输了个精光,输掉了滑雪学校的钱,输掉了本季度的盈利,连资金也输掉了。他仍可以看到当时的情景——大鼻子兰特先生捡起几张牌,然后摊开说:"我不跟。"他们整天地赌,不下雪时赌,雪下得太多还赌。他想了想,觉得自己一生

海明威小说精选

中花在赌博上的时间真是太多了。

不过,对于这些,他在写作时只字未提,也没有提那个寒冷、晴朗的圣诞日。那一天,目光穿越平原,可以看见对面的群山。巴克驾机飞越防线去轰炸运送休假奥地利军官的列车,见那些军官抱头鼠窜,便用机枪扫射他们。记得巴克走进食堂吃饭时,提起了这事,食堂里顿时鸦雀无声。后来不知谁说了一句:"你这个杀人不眨眼的家伙。"

巴克杀死的也许就是前不久跟他在一起滑雪的奥地利人。不,不是的。那年,跟他一起滑雪的奥地利人叫汉斯,属于皇家狩猎队的成员。他们一起到锯木厂跟前的那个山谷猎杀野兔,途中聊起了帕苏比奥战役以及波提卡拉的那场进攻战。这些他在写作时都只字未提。至于在蒙特·克罗纳、赛特·科穆尼和阿西埃罗的那些经历,他也只字未提过。

他在沃拉堡和阿尔堡究竟度过了几个冬天呢?总共四个!他记起了和那个卖狐狸的人在一起的情形,记得他们一起到布卢登茨去。他是去买礼品的。他记得樱桃酒醇香可口,记得怎样在冰天雪地里飞驰,激起团团雪粉,嘴里高唱:"嗨哟!罗利这么说!"记得穿过最后一片开阔地,冲下陡坡,然后直直朝前滑。进果园转三个弯,出果园后越过水沟,就到了客栈后边的那条冰雪覆盖的路。然后,解开滑雪板上的绳子,把滑雪板从脚上踢下来,将它们靠在客栈的木板墙上。灯光从窗口泻出,屋里烟雾缭绕,新酿的酒芳香扑鼻,给人以阵阵暖意,手风琴声袅袅绕梁。

"去巴黎住哪个地方?"他问坐在身旁一把帆布椅子上的女人。此时,他们这是在非洲。

"住科里伦酒店。那地方你是知道的。"

"我怎么会知道?"

"咱们每次都住那儿呀。"

"不对。不是每次都住那里。"

"反正在那里住过吧,还住过圣日耳曼区的亨利四世大厦。你曾说你爱那个地方。"

"爱只不过是一堆粪,而我是站在粪堆上打鸣的公鸡。"

"假如你不得不离开人世,"她说,"是不是需要在走之前把所有的一切都毁掉?我是说一点东西也不留?你是不是必须宰马杀妻,将马鞍和盔甲付之一炬?"

"是的,"他说,"你的臭钱就是我的盔甲,是我的斯威夫特和

117

阿穆尔①。"

"求你别这样了!"

"好吧,我就不多说了。我并不想伤你的心。"

"现在怕是有点晚了。"

"那好,那我就继续伤你的心好啦。这样倒更有趣味。这是我真心想做的一件事,现在却做不成了。"

"不,这不是事实。你想做的事情多得很呢,而每一件都是我想做的。"

"噢,看在基督的分上,别再吹牛了好吗?"

他看了她一眼,见她在暗自落泪。

"你听我说,"他说道,"你以为这样说话能给人以乐趣吗?真不知道我为什么要这样。大概是鬼迷心窍,觉得刺伤别人才能使自己活下去吧。刚开始的时候,我还是好好的。惹你伤感并非我的本意。这下子,我成了地地道道的傻瓜,竟然狠下心这样对待你。我的话你权当放屁,别往心里去,亲爱的。其实,我是爱你的。我爱你,这你心里是清楚的。我从来没有像爱你这样爱过任何别的人。"

他不知不觉又故技重演,信口雌黄地编造起谎话来。

---

① 斯威夫特和阿穆尔是美国的两大巨富,代表的是豪门。Armour(阿穆尔)和 armour(盔甲)同词同音。

"你对我挺贴心的。"

"你这个坏婆娘,一个有钱的坏婆娘,"他说,"我这是在作诗。我现在满肚子都是诗句。发腐的诗,发臭的诗!"

"请你别这样。你为什么非得把自己变成一个魔鬼呢,哈里?"

"因为在死之前,我要毁掉一切,"男子说,"身后什么东西都不愿意留下。"

已经到了傍晚时分。他睡了一大觉。太阳躲到了山后,平原上影影绰绰,一片朦胧。一些小动物在靠近营地的地方觅食。他观望着它们,见它们已远离灌木林,脑袋很快地一起一伏,将尾巴摆来摆去。那些大鸟已不在地面上等候了,而是一只只全都重重地压在了一棵树上。它们的数量还不止这些呢。他的贴身杂役坐在床的旁边。

"太太打猎去了,"杂役说,"先生需要什么吗?"

"什么都不需要。"

她到别处打猎去了。她知道他喜欢看狩猎的场面,所以才跑得远远的,为的是不惊扰他跟前的这一小块清静之地。她可真是处处为他着想。无论是知道些什么,在书上看到些什么,或者听到了什么消息,她心里总是为他着想。

　　　　　　海明威小说精选

当初他找她时，已经到了无可救药的地步，说什么也不能怪她。你口是心非、谎话连篇，叫一个女人怎么辨得清呢？他谎话脱口而出，完全是出于习惯，只图个方便！自从他言不由衷之日起，他在情场上如鱼得水，比说实话时还要风光。

与其说他愿意撒谎，倒不如说他没有实话可讲。他原来也堂堂正正地做人，现在却成了潦倒之人，苟延残喘，今天攀这个高枝，明天攀那个高枝，四处游乐，满世界地跑。

他不让自己想这些烦心事，而这是他的了不起之处。只要有一副笃定的心肠，就不会像大多数同样处境的人那样一朝崩溃。你大势已去，昨日的风光已不复存在，文采尽失，而你摆出一副全然不在乎的架势。可是在内心，你却声称一定要写写周围的人，写写那些有钱的人，声称自己没有与他们同流合污，而只是潜伏在他们国家的一个间谍，早晚都会离开他们的国家，把东西写出来，那时的你就是一个了解内幕的人，会是不俗的手笔。可惜这一心愿他永远也无法实现了，因为他每一天每一日都懒于动笔，只贪图眼前的安乐，过着一种自己所鄙视的醉生梦死的生活，渐渐笔锋呆滞，意志消退，最终无所事事，什么都不写了。他不写作了，跟狐朋狗友胡混，倒落了个自自在在。非洲是块福地，他在此处度过了人生中最快活的一段时光——他来这儿是要把日子重新过起。这次狩猎，安逸的程度是极低的。虽然并不艰苦，但也没有奢华可言。他觉得这样也算是重返训练场上,可以将心里的脂肪去掉,就像一个拳击手要去掉身体上的脂肪,得到山里苦练一样。

她喜欢这次狩猎,说她喜欢得不得了。凡是有刺激性的事物她都喜欢——换换环境,结交新的朋友,看看赏心悦目的景色。他甚至产生了错觉,认为自己又意气风发,有了写作的意愿。可结果并非如此,他心里很清楚。事已至此,他也不必破罐子破摔,像一条断了脊梁的蛇一样自残。错,不在这个女人的身上。这个女人没错,那就是别的女人的错。如果说他靠撒谎苟延残喘,那就让他因为撒谎而死去吧。想到这里,他听见山后传来了一声枪响。

她的枪法很好。这个富婆,既呵护着他的天赋,又毁掉了他的天赋。鬼话!毁掉他天赋的罪魁正是他自己!为什么要嫁祸于人,怪罪这个把他照料得无微不至的女人呢?他毁掉了自己的天赋,因为他弃而不用,让天赋生了锈,因为他背叛了自己的灵魂和信仰,因为他酗酒过度使观察力不再敏锐,因为他懒惰成性,因为他势利、傲慢、偏见,还因为他蝇营狗苟、投机钻营。这算干什么呀?难道是在写一本书的目录不成?他有天赋固然不错,但他没有加以利用,而是拿来做交易了。他根本不在意自己写了些什么,而在意能换取些什么。他做出了选择,选择放弃笔耕,而靠别

　　　　　海明威小说精选

的本事谋生。他爱上的女人一个比一个有钱，你说怪不怪？可是，后来他没有了爱情，只有满口的谎言，就像对这个女人一般——这个女人比他所有的情侣都有钱，钱简直多得不得了。她曾有过丈夫和孩子，有过情人，只是对情人们不满意，偏偏钟情于他，觉得他是个作家、一个男子汉、一个伙伴、一个令人感到自豪的宝贝。奇怪的是，他根本不爱她，而且对她撒谎，可这产生的效果更好，更能够回报她为他付出的钱财。

他觉得人的命天注定，是怎样一块料都是有定数的。不管靠什么谋生，其中都包含着天赋的因素。他终生出卖自己的能力，形式各异，当感情投入不太多的时候，在换取金钱方面产生的价值会大得多。这是他的一大发现，但他绝不会写出来。不，他绝不会将其付诸笔端，尽管这值得一书。

就在这时，她出现在了视野里，穿过空地向营地走来。她穿着马裤，背着她的那杆步枪。两个杂役扛着一只野羊，紧随其后。他觉得她仍然有几分风韵，肉体能给人以欢愉。对于床笫之间的风流，她具有出众的才华和欣赏力。她并不漂亮，但他喜欢她的脸蛋。她博览群书，喜欢骑射，喝酒喝得极其多。当她还是个比较年轻的少妇时，丈夫便离开了人世。一时间，她把所有的心思都放在了两个刚刚成年的孩子身上，放在了骑马、读书和喝酒之上。其实，她的两个孩子并不需要她，有她在跟前反而不自在。

她喜欢在傍晚时分读书,在晚餐之前读,边读书边喝苏格兰威士忌及苏打水。该吃饭的时候,她已醉意蒙眬了,饭桌旁再来一瓶红酒,通常便醉得糊里糊涂,趁此入睡。

那是有情侣之前的状况。有了情侣之后,她的酒便喝得不那么多了,因为她不必非得喝醉酒才能入睡了。不过,那些情侣叫她感到乏味无聊。她嫁的那个丈夫从未让她感到乏味过,而那些情侣叫她觉得乏味得要死。

后来,她的一个孩子在一次飞机失事中丧了命。这次事件过后,她就再也不想要情侣了,不再把酒当麻醉剂了,觉得必须开始新的人生。突然之间,她对孤独产生了强烈的恐惧感。不过,她想要的是一个能让自己敬重的伴侣。

事情发生了,经过极其简单。她喜欢他写的东西,一直都很羡慕他的生活方式。她觉得他是在按照自己的心愿生活。至于她是采用什么手段将他弄到了手,又是怎样最终迷恋上了他,反正都是些常规步骤。在这一过程之中,她给自己建立了一种新的生活,而他把自己残留下来的一部分旧的生活方式拿来做了交易的筹码。

他拿这个筹码换取的是高枕无忧的日子以及安逸的生活,这是毋庸置疑的。除此之外,还换取到了什么呢?他简直说不清楚。反正他想要什么,她就给他买什么。这一点,他心里是有数的。说起来,她是个挺不错的女人。对待她,就像对待别的女人一样,他非常乐意和她上床,而且更愿意跟她行床笫之欢,因为她更有钱,因为她让人心情愉悦,懂得欣赏人,还因为她从不惹是生非。现在,她苦心经营的小日子就要寿终正寝了。事情的起因是:两个星期前,一根刺扎破了他的膝盖,而他没有涂碘酒消毒。当时,他们看见一群非洲大羚羊,于是悄悄摸上去要拍照。那些羚羊昂起脑袋,支棱起耳朵听动静,一有响动就会逃进灌木林里去。就这样,羚羊跑了,照片没拍成,他的膝盖却被扎伤了。

此时,她走了过来。

他在小床上转过脸来,冲她打了声招呼。

"我打到了一只野羊,"她说道,"能给你炖上一锅美味汤。我叫他们捣些土豆泥,撒点奶粉进去。你现在感觉怎么样啦?"

"好多了。"

"简直太棒了!要知道,我有个预感,知道你的病情可能会好转的。我走时,你正睡觉,没打扰你。"

"我睡得很死。你刚才走得很远吗?"

"不远,就在山后转了转。我一枪就把这只羊撂倒了。"

"你是个神枪手,枪法很棒。"

"我喜欢打枪,喜欢非洲。这是真的。如果你平平安安的,对我而言这可是最有意思的一次旅行了。和你一起打猎,你都不知道是多么有趣。我爱这个国家。"

"我也爱。"

"亲爱的,看见你病情好转,你都不知道多么叫人欣慰。见你受洋罪,我心里简直受不了。以后你不要再那样跟我讲话了,好不好? 能答应我吗?"

"能,"他说,"我记不得自己都说了些什么了。"

"你可不能把我毁掉,好吗? 我只不过是个深爱着你的中年女子,愿意听命于你,服从你的意愿。我已经被毁掉两三次了。你无意再让我经受一次毁灭,对不对?"

"我倒想在床上把你毁掉几次。"他说道。

"好呀,那可是令人舒畅的毁灭。要毁灭,就应该有那样的毁灭。明天飞机就要来了。"

"你怎么知道?"

"我敢肯定一定会来的。杂役把木头准备好了,还准备了青草熏浓烟。今天我又去检查了一遍,降机坪地方很宽,两边准备各生一堆浓烟。"

"是什么原因叫你断定飞机明天一定会来?"

"我有把握它一定会来。到了城里,他们就会把你的腿治好,那时咱们痛痛快快来一次'毁灭'。这指的不是说难听话导致的那种毁灭。"

　　　　　　海明威小说精选

"来杯酒怎么样？太阳都落山了。"

"你觉得自己能喝吗?"

"我是要喝上一杯的。"

"那咱们就一起喝吧。莫洛,拿威士忌加苏打水来!"她喊了一声。

"你最好穿上防蚊靴。"他建议道。

"洗完澡再穿吧……"

二人喝着酒,天色渐渐黑了下来。就在天色尚未黑透,但已没有了亮光,开枪无法瞄准目标时,一条鬣狗穿过空地向山后跑去。

"那个杂种每天晚上都从这里跑过,"男子说,"两个星期了,天天如此。"

"夜里叫的就是它。我倒无所谓。说来,这种动物挺招人嫌的。"

二人一道喝着酒,他感觉不到疼痛,只是由于老一种姿势待在床上觉得有些不舒服。杂役们生起一堆篝火,投在帐篷上的光影跳跃着,他感到往日的那种对令人愉快的放纵生活所采取的听之任之的态度又回到了自己身上。她对他真是太好了。今天下午都怪他心肠太狠,有失公道。她是个好女人,实在是好极了。就在这时,他突然想到自己快要死了。

这一念头的出现突如其来,不是像一股水冲过来,或者像一阵风刮过来,而是像一种虚无缥缈的臭气突然飘了过来。奇怪的是,那条鬣狗循着这气味悄悄摸了过来。

"怎么啦,哈里?"她问道。

"没什么,"他说,"你最好坐到那边去,坐到迎着风的那个地方。"

"莫洛给你换过药了没有?"

"换过了。刚刚敷上硼酸膏。"

"感觉如何?"

"有点不稳定。"

"我去洗个澡,"她说,"这就去。回头咱们一起吃饭,然后把小床移进帐篷。"

他在心里对自己说,结束无谓的争吵是明智之举。跟这个女人,他吵架吵得不太多,可是跟那些自己所爱的女人却争吵不息。结果,吵架就像腐蚀剂,腐蚀掉了他和那些女人的感情。那时他爱得太深,索要的回报太多,把双方的感情都耗干了。

他回想起自己独身一人在君士坦丁堡漂泊的情形。那是在巴黎跟情侣吵架之后,愤而出走的。那段时间,他日日风流,夜夜嫖娼。之后,却仍然未能消除孤独感,反而使孤独

　　　　　　海明威小说精选

感愈加强烈。他给第一个情侣,即那个离他而去的情侣写了一封信,说他难以忘怀昔日的感情……说有一次在摄政官外以为看见了她,于是心里翻江倒海、思绪万千;他曾经在林荫大道尾随一个女人,因为那个女人长得跟她有点像,心中有几分担忧,一怕到头来发现那女人不是她,二怕失去跟踪过程中产生的温馨感情;他每每跟别的女人睡觉,只能加深他对她的思念之情;他无法摆脱对她的爱恋,对她以前的所作所为绝不会耿耿于怀。这封信是在俱乐部里写的,当时他没有喝酒,头脑冷静。信寄往纽约,求她回信寄到他在巴黎的事务所,那样似乎较为保险。那天晚上,他只有对她的思念,除此之外,心里空落落的。他在街上游荡,走过马克西姆饭店,路上泡了一个女郎,带着她一起去吃消夜。吃完消夜,二人一道去跳舞。女郎的舞步太糟糕,于是他撇下她,跟一个风骚的亚美尼亚浪荡女跳了起来——浪荡女跳舞时把肚皮在他的身上蹭来蹭去,蹭得他身上发烫。他和一个英国的炮兵中尉争风吃醋,硬要把亚美尼亚浪荡女带走。中尉让他出去较量。于是,二人走到黑灯瞎火的鹅卵石街面上拳脚相向,打了起来。他冲着中尉的下巴颏儿狠狠打了两拳,可对方没有被击倒,于是他心想这下有好戏看了。中尉挥拳打在他身上,再一拳打在他的眼眶上。而他来了个左勾拳,中尉扑过来抓住他的衣服,把袖子都扯掉了。他朝着中尉的后耳根猛击两拳,就在对方将他推开之际,急忙挥动右拳把对方放翻。中尉一个狗吃屎倒了下去。听见宪兵的脚步声,他带着浪荡女跑掉了。他们钻进一辆出租车,沿着博斯普鲁斯海峡向瑞米力西萨驶去,在寒夜里兜了一圈,然后去一家旅馆睡觉。她跟自己的相貌一样,在床上也是过于成熟了。不过,她肤如锦缎,体似玫瑰花瓣、糖浆,肚皮平平展展,大胸脯,行事时臀下不用垫枕头。次日,在第一缕曙光之中,她一副邋遢相。在她睡醒之前,他就离开了,带着一只青肿的眼,拎着他那件被扯掉一只袖子的上衣回到了佩拉宫酒店。

就在那天晚上,他起身前往安纳托利亚。记得在那趟旅途中,他们整天穿行在罂粟田间(罂粟是用来提炼鸦片的),时间久了,会让你产生奇怪的感觉,觉得不管往哪儿走,方向都是错的。最后,他来到了一处战场——部队曾和从君士坦丁堡刚赶到的军官一道发动进攻,而那些军官狗屁不通,让炮弹落在了自家的队伍里,气得英国观察员像个小孩子一样哇哇哇地哭。

也是在那一天,他第一次看见了死人——那些死人身穿白色芭蕾舞裙,脚上的鞋缀着绒球,向上翘起。当时,土耳其人不断朝前涌来,一拨一拨的。只见穿裙子的士兵们落荒而

海明威小说精选

逃,军官开枪阻止也不管用,后来军官也狼狈鼠窜。他和英国观察员亦跑了起来,跑得他心口疼,嘴里满是尘土味。他们躲到岩石后面,看见土耳其人仍然一个劲朝前涌。接下来出现了一些他想都不敢想的事情,再往后他所看到的情景更是可怕。回到巴黎,对那段往事他不愿提起,就是别人说起来他也受不了。路过咖啡馆时,见那位美国诗人坐在里面,面前放着一摞碟子,土豆一样的脸上挂着愚蠢的表情,正在跟一个罗马尼亚人谈达达主义①运动。那个罗马尼亚人自称叫特里斯唐·查拉②,总戴着一个单片眼镜,老是闹头疼。他回到公寓和妻子过起了小日子,他又恢复了对妻子的爱情,不再争吵,不再发狂——回家让他喜悦盈怀。事务所把收到的他的信件给他送了来。事情就是这样,他写的那封信有了回信,一天上午被人用一个托盘送了来。他一看那笔迹就浑身发冷,急慌慌想把那封信藏到另一封底下。可妻子却问道:"那是谁来的信呀,亲爱的?"于是,刚刚开始的好日子就此被断送了。

---

① 达达主义是 1916 年至 1923 年间出现的一种艺术流派。达达主义是一种无政府主义的艺术运动,它试图通过废除传统的文化和美学形式发现真正的现实。达达主义由一群年轻的艺术家和反战人士领导,他们通过反美学的作品和抗议活动表达了他们对资产阶级价值观和第一次世界大战的绝望。
② 特里斯唐·查拉(1896—1963),罗马尼亚人,达达主义运动创始人之一。

对于和那些女人一起度过的悠悠岁月以及一场场的争吵,他仍记忆犹新。那些女人总是挑最不恰当的场合跟他拌嘴。她们真是没眼色,为什么总是在他心情最好的时候对他发难呢? 关于情场上的这些遭遇,他从来没写过,一是因为他不想伤害她们,二是因为他的素材很广,似乎没必要写这些风流案。不过,他还是心存一念,觉得最终还是要写的。要写的东西真是多之又多。他目睹了大千世界的千变万化,而不仅仅是这些事件。他经多识广,对世人进行观察,不仅纵览,而且入微,至今仍能记得起人们在不同的时刻不同的表现。他置身于变化的潮流之中,观察了变化的过程,有责任把它写出来。可是,现在他却再也写不成了。

　　"你感觉怎么样了?"她问道。她在帐篷里洗完了澡,此时走了出来。

　　"还好。"

　　"能吃饭了吧?"

　　他看见莫洛立在她的身后,提着折叠桌,另一个杂役端着一些碟子。

　　"我想写点东西。"

　　"你应该先喝些肉汤长长精神。"

"我今天夜里就要死了,"他说,"不需要长精神。"

"不要夸张嘛,哈里。求求你了。"她说。

"你为什么不用鼻子闻一闻!我半条腿都烂了,烂到大腿根了。都这样了,还喝什么肉汤呀。莫洛,给我拿威士忌加苏打水来!"

"还是求你喝肉汤吧。"她温情脉脉地说。

"那好吧。"

肉汤太烫,他只好端着盛肉汤的杯子放凉,不烫嘴之后一饮而尽,中间没有出现恶心的感觉。

"你是个好女人,"他说,"不要再操我的心了。"

她痴痴望着他。她的这张脸出现于《潮流》杂志和《城市与乡村》杂志,家喻户晓,人人喜欢,只是由于酗酒减了几分颜色,还因为贪恋床笫之欢又减了几分颜色,但《城市与乡村》却显现不出她那诱人的酥胸、销魂的大腿以及那双轻抚你的腰背让你陶醉的纤手。他也望了望她,看到她那招牌式的微笑时,觉得死神又来到了跟前。这次,死神不是猛地冲过来,而是像一阵轻风徐徐刮来——这样的风吹得烛光摇曳,吹得火焰腾旺。

"过一会儿叫他们把我的蚊帐拿出来挂在树上,然后生一堆篝火。今晚我不进帐篷里睡了。不值得搬来搬去的。今天夜里是晴天,不会下雨的。"

死神就是这么来到的。它在低语，可惜你却听不到。绝不会再跟任何人吵架了——这一点他可以保证。这是一次前所未有的人生经历，他可不愿坏了兴致。不过，他也许会败兴的，因为他老是成事不足败事有余。但这一次他或许不会坏事。

"你会不会听写？"

"从没学过。"她说。

"好吧。"

已经没有时间了。不过，往事浓缩了，只要处理得当，可以用一小段文字加以展现。

　　湖边有座山，山上有座原木筑成的木屋，原木之间的缝隙抹了白灰泥。门边的柱子上挂着一只铃铛，是叫人进屋吃饭用的。木屋后有片田野，再往远处则是树林。一排伦巴第白杨从木屋一直延伸向码头。还有一排白杨树排列在岬角旁。树林边有条羊肠小道通向山上。他曾经沿着这条小道采摘黑莓。后来木屋遭大火焚毁，而火塘旁鹿角形枪架上的那些枪支也随之化为灰烬。大火过后，枪管和枪托烧坏了，枪膛里的子弹熔化了，残余物胡乱放在一堆灰上——那些灰是制肥皂的大铁锅用来熬碱液的。你问祖父能不能把那些东西拿来玩。祖父说不能。那些枪是他的宝贝，从那以后他

133

再也没买过其他的枪，再也没打过猎。如今，在老地方又建起了一座木屋，粉成了白色。从门廊可以看见白杨树以及远处的湖泊，但木屋里再也没见到过枪支。那些曾经架在原木小屋墙壁鹿角形枪架上的枪支，如今只剩下了枪管，胡乱放在灰堆之上，再也没有人动过。

战争结束后，我们在黑森林①租赁了一条小溪，可以在里面钓鳟鱼。到那儿去，有两条路可以抵达。一条路是从特里贝格出发，直下山谷，沿一条白白的山谷小路前行，两旁是郁郁葱葱的林木，然后取一条偏道翻山越岭，沿途可见鳞次栉比的小农场和一幢幢高大的黑森林式房屋。这条偏道穿过小溪，而我们就是在偏道和小溪交叉的地方钓鱼的。

另一条路是爬陡坡抵达森林跟前，穿过松树林，翻过山头，出林子之后走到一片草场边，接着越过草场抵达那座小桥跟前。在那儿，小溪旁长着一排排桦树，水面不宽，而是很窄，溪水清澈、湍急，冲击着桦树的树根，冲出了一个个小水潭。在特里贝格的那家旅馆，正值好季节，老板的生意很是兴旺。当时的气氛令人愉悦，我们成了好朋友。可第二年遇上通货膨胀，他前一年挣的钱不够买开旅馆所用的必需品，

① 黑森林，又称条顿森林，位于德国西南的巴符州。由于森林树木茂密，远看一片黑压压的，因此得名。

于是他上吊寻了短见。

这些情况倒是可以口授,可是你在护墙广场①的所见所闻就难以口授了。在大街上,卖花的小贩给花上染料,弄得路面上染料水横流,这儿是公共汽车的发车点。老头老太太喜欢来此处喝葡萄酒和劣质的渣酿白兰地酒;孩子们在寒风中清鼻涕直流;业余爱好者咖啡馆里散发着难闻的汗臭和贫穷的气味,顾客们喝得酩酊大醉,而妓女们在风笛舞厅卖弄风情(她们就住在舞厅的楼上)。那个看门的女人在她的小房间里款待共和国卫队的队员,队员那插着马鬃的头盔放在一把椅子上。门厅对面住着个女子,丈夫是个自行车赛手。这天早晨喝牛奶时,她打开《车讯报》,看见丈夫在环巴黎车赛中名列第三(这是他首次参加大赛),不由满面生辉,大笑出声,然后手里拿着那份黄颜色的体育报,大喊大叫冲下楼去。经营风笛舞厅的是个女人,丈夫是开出租的。一次,他(即哈里)早晨赶飞机,女人的丈夫敲门叫醒他,二人到酒吧间的吧台喝了杯白酒,然后才出发。他跟那块区域的邻居混得很熟——那些邻居都是些穷人。

广场附近住着两类人——酒鬼和运动员。酒鬼借酒浇

---

① 巴黎最著名的广场之一,此处咖啡馆多,名人题词随处可见。

愁,以忘掉贫困,运动员则是坚持锻炼以驱除贫穷。他们是巴黎公社社员的后代,不用费力就熟知巴黎的政治。他们知道是谁枪杀了他们的父兄及亲友……当年,凡尔赛的军队开进巴黎,继巴黎公社之后占领了这座城市,见手上有老茧的、戴工人帽的,或者有任何其他的标志说明是工人的,一律格杀勿论。他住在这个贫民区里,街对面有个马肉铺和一个酿酒合作社。也就是在这里,他开始了自己的写作生涯。在巴黎,再也没有一块比这儿更叫他喜爱的社区了。他喜欢那婆娑的树影,喜欢那墙壁粉白但墙根涂成棕色的老房子,喜欢圆形广场上那些长长的绿色公共汽车,喜欢那在路面上流淌的染花用的紫色染料水,喜欢那从山上急转直下一直延伸向河边的莱蒙主教街以及另一条街——狭窄、热闹的穆费塔得街。穆费塔得街通向万神殿。还有一条他常在上面骑自行车的街道他也喜欢——那是该地区唯一的一条沥青路,骑车子平平展展,两旁有又窄又高的房屋和一座高高耸立的廉价旅馆(保尔·魏尔伦①就是在这家旅馆离开人世的)。他们住的公寓里只有两个房间。他租了廉价旅馆顶层的一个房

---

① 保尔·魏尔伦(1844—1896)在法国诗歌史上占有重要地位。在诗歌艺术上,魏尔伦是一位既反叛又传统的诗人。他也是象征主义文学的代表人物之一,与马拉美、兰波并称象征派诗人的"三驾马车"。与后两者晦涩的诗风相比,魏尔伦的诗更通俗易懂,朗朗上口,所以也受到普通读者的喜爱。

间,月房租是六十法郎,专门在此处写作,从窗口可以看到各家各户的屋顶和烟囱,也可以将巴黎的山峦尽收眼底。

从公寓的窗口,却只能看到那家经营木材和煤炭的店铺。除了写作,他还卖酒,卖劣质酒。马肉铺外边挂着金黄色的马头,而橱窗里挂的是金黄色和红色的马肉。他们一般都到涂着绿漆的酿酒合作社里买酒,那儿的酒物美价廉。其余的景物还有泥灰墙以及邻居家的窗户。夜间酒鬼醉卧街头,哼哼唧唧地呻吟,呈现出典型的法国式醉态(根据宣传,这种醉态压根儿就不存在),此时邻居们会打开窗户,嗡嗡嗡地交流看法。

"警察跑到哪里了?不需要他的时候,他偏偏在跟前晃悠,现在却跟哪个女人睡觉去了。还是找个顶事的人来吧。"一桶冷水从哪家的窗口兜头泼了下来,酒鬼这才不乱哼唧了。"这是什么?是水!天呀,亏你们想得出!"各家的窗户纷纷关上了。他的女用人玛丽针对八个小时的工作制提出了抗议,说道:"丈夫如果上班上到六点,回家的路上只能喝一点点酒,挥霍的钱不算太多;但如果五点就下班,那他就会夜夜酗酒,把兜里的钱挥霍一空。缩短工时,让工人之妻深受其害。"

“想再喝些肉汤吗?”女人问他。

“不喝了。非常感谢,肉汤好喝极了。”

“再喝几口吧。”

“我倒想喝几口威士忌加苏打水。”

“喝酒对你不好。”

“是的,是不好。为此,科尔·波特①还专门写过一首歌,并谱了曲呢。恐怕正因为了解这些,你才生我的气。”

“你心里清楚我是愿意让你喝酒的。”

“哦,是吗? 愿意让我喝,却又说酒对我不好!”

他心想,等她离开,他想喝多少就喝多少。哦,不,不是想喝多少就喝多少,而是有多少就喝多少。唉,他累了,简直太累了,必须睡一会儿才行。他静静地躺着,发现死神不在跟前,觉得死神一定是到别的地方遛大街去了,可能是结着伴儿,骑着自行车,或者一声不吭地走在人行道上。

不,他从未写过巴黎,未写过让他魂牵梦萦的巴黎。还有些内容他也从未写过。那么,它们究竟是什么呢?

那牧场,那银灰色的鼠尾草灌木丛,灌溉渠里那清澈、湍

---

① 科尔·波特(1891—1964),美国著名音乐家。

急的水流,那深绿色的苜蓿!羊肠小道在山间蜿蜒,夏季的
牛儿像鹿一样腼腆。牛群哞哞地叫着,喧闹的声音不绝于
耳,你秋季赶它们下山时,它们慢慢移动着步子,身后扬起一
片尘土。翻过山梁,夕阳中那突兀的山峰清晰可见。月亮升
起,在月光下骑马沿羊肠小道下山,山谷里一片皎洁的月色。
记得穿过树林时,眼前漆黑,伸手不见五指,只好抓住马的尾
巴前行。往事如烟,他曾经有意付诸笔端。

　　还有那个脑子缺根弦的干杂活的伙计……当时把他留
下来看护牧场,叮咛他不准任何人动用牧场上的干草。那个
老杂种从河岔口过来,想弄些饲料。小伙计曾为老杂种干过
活,挨过他的打,此时一口拒绝了对方,老杂种威胁说还要揍
他一顿。小伙计从厨房拿来一杆步枪,就在老杂种试图闯进
饲料房时,开枪把他打死了。大家回到牧场,老杂种已死去
一个星期了,尸体在牲口栏里冻得硬邦邦的,一部分尸体已
被野狗吃掉。你把剩下的尸体卷在毯子里,用绳子捆在雪橇
上,让小伙计帮你拖走。你们俩拖着雪橇上路,走了六十英
里进城,然后你举报了他。小伙计怎么也想不到自己会被逮
捕,满以为自己是在履行职责,以为你是他的朋友,以为自己
会得到奖赏呢。老杂种的尸体是他帮着拖来的,谁都知道老
杂种是个坏家伙,企图抢走并不属于他的饲料!警长给他戴

　　　　　　海明威小说精选

手铐时,他简直不能相信这是真的,禁不住痛哭流涕……这一素材他原本是打算写成故事的。这样的素材何止二十个,可是他一个都没有用于写作。为什么?

"你说说这是为什么。"他出声地说道。

"什么为什么,亲爱的?"

"哦,没什么。"

自从有了他,她就不再那么嗜酒如命了。但尽管如此,他也绝对不会写她的,对此他是很清楚的。这类人一个都不写!富人乏味得很,喝酒喝得太多,整天就知道玩牌下棋,一个个无聊得厉害,全无鲜明个性。他想起了可怜的朱利安以及朱利安对富人带有浪漫色彩的敬畏感,记得后者写过一篇东西,头一句话便是:"富佬们跟你我截然不同。"八成是有人风趣地对朱利安说富人的钱多得花不完,可是朱利安并不觉得风趣,而是将富人看作一个特殊的富于魅力的种群。当朱利安发现并非如此时,他的心都碎了,就像他的其他幻觉破灭时心碎一样。

至于他,对于那些因幻觉破灭而心碎的人,压根儿就瞧不起。他心明如镜,当然瞧不起那些人了。他觉得自己打不垮压不倒,因为他什么都不在乎,任什么都伤害不了他。

没什么了不起的。现在就连死亡他也不在乎。一直以来,他唯一害怕的东西是疼痛。他固然能和别人一样忍得住疼痛,除非疼痛持续的时间太长,折磨得他筋疲力尽。可这一次,正当他疼得死去活来,眼看就要崩溃时,疼痛感却突然停止了。

记得很久以前,一天夜里,投弹军官威廉逊钻铁丝网时,被德军巡逻队扔来的一颗手榴弹炸伤了。他疼得乱叫,央求战友开枪打死他。他是个胖子,虽然喜欢出风头,但作战极其勇敢,称得上一名优秀军官。那天夜里,他被缠在铁丝网上,探照灯光把他照得一览无余,只见他的肠子都被炸了出来,挂在铁丝上。战友们把他救回来时,只好将肠子割断。"开枪打死我,哈里!看在基督的分上,开枪打死我!"他惨叫着。记得关于疼痛,大家有过一场讨论,有人说天主绝不会让你经历无法忍受的疼痛,还有人说疼痛会在某个时刻自行消失的。但他一直对威廉逊的遭遇难以忘怀,记得那天夜里威廉逊的疼痛始终没有消失。他把自己留下来准备自服的吗啡片给了威廉逊,也没有止住对方的疼痛。

眼下,他倒是感到挺轻松的。只要疼痛感不加剧,就没有什么可担心的。他所渴望得到的是一个更好的伴侣。

关于自己想要什么样的伴侣,他略微想了想。

海明威小说精选

他觉得自己做事优柔寡断,总是迟一步。你总不能让人家老等着你吧。一旦分离,便各奔东西。昔日的聚会已经结束,现在只剩下了你和女主人在一起。他觉得要死还一时死不了,就像所有别的冗长的事情一样让他都感到厌烦了。

"烦死了。"他想着想着说出了声。

"你说什么来着,亲爱的?"

"我是说任何事情都不能拖得太久。"

说话时,他隔着篝火望着她的脸。她靠在椅背上,火光照亮了她的那张线条优美的脸,看得出她已经有了困意。此刻,他听见篝火的光圈外边传来了鬣狗的一声嗥叫。

"我在写东西,"他说,"感觉很是疲倦。"

"你看你能睡得着吗?"

"这没问题。你为什么不去睡觉呢?"

"我喜欢陪你坐着。"

"难道你感觉有哪个地方不对劲吗?"

"不是的。只是感到有点困。"

"我觉得有点不对劲。"他说。

他感觉到死神又在跟前徘徊了。

"要知道,我唯一没有失去的就是好奇心了。"他对她说道。

"你任何东西都没有失去。你是我所认识的最完美的男子汉。"

"天呀，"他说，"女人家知道的事情真是太少了。你凭什么这么说？难道凭的是直觉？"

此时此刻，他看见死神走上前，将头枕在床脚上，甚至闻得到死神呼出的气味。

"要是有人说死神像镰刀和骷髅，你可千万别信，"他对她说，"死神完全可以是两个骑自行车的警察，或者说是一只鸟。也许，死神像鬣狗一样有一个宽宽的鼻子。"

此时，死神向他走了过来，但没有任何形体，只是占了一些空间罢了。

"让它走开！"

它没有走开，而是继续朝跟前凑。

"你呼出的气好臭呀，"他冲它说道，"你这臭烘烘的东西。"

它又靠近了些，而他已说不出话来了。它见他说不出，就又朝前凑了凑。他口不能言，试图将其赶走，可是它爬到了他身上，重重压在他的胸口上，稳稳当当坐在那里，使得他动不能动、说不能说，却听得见那女人说道："先生睡着了。你们把床抬起来，手脚放轻，抬进帐篷里去。"

他说不出话，无法让女人将死神赶走。死神坐在那里，越来越重，压得他透不过气。当杂役把床抬起来时，感觉却突然好了，

海明威小说精选

压在胸口上的重量消失了。

此时到了早晨，天已经亮了一些时间了。他听见了飞机的声音。飞机显得很小，在空中兜了一个大圈。杂役们跑出去用煤油点火，将青草堆在火上，于是空地两端就有了两大堆火，冒着滚滚浓烟。晨风习习，把烟吹到了帐篷这儿来。飞机又兜了两圈，此时飞得很低，然后向下滑翔和拉平，最终平稳地落在了地上。接着就见康普顿老伙计走了过来，下穿宽松长裤，上穿粗花呢夹克，头戴一顶棕色毡帽。

"怎么啦，老伙计？"康普顿问了一声。

"腿受伤了。"他说道，"需要吃些早点吗？"

"不用了，谢谢。喝杯茶就行了。我的这架飞机是'舟蛾'型的，只能坐一个乘客，这次就带不了太太了。你们的卡车已在路上了。"

海伦把康普顿拉到了一边，和他说了些什么。康普顿回来时，显得异常高兴。

"这就抬你上飞机，"他说，"送完你，我再回来接太太。恐怕中途得在阿鲁沙停一下加油。现在最好马上出发。"

"茶还喝不喝了？"

"随便说说，我并不是真的想喝茶。"

杂役抬起小床，绕过一个个绿色的帐篷，下了石台，走到空地上。空地两端的火堆烧得正旺,冒烟的青草已熊熊燃烧,风助火势,火势愈大。杂役从火堆旁经过,把床抬到了小飞机跟前。抬他进机舱时,着实费了一番力气。而一进机舱,他便瘫倒在皮椅上,伤腿直直伸到飞行员的座位旁。康普顿把飞机发动后,钻进了驾驶舱。他向海伦及杂役们挥手告别。飞机发出咔嗒咔嗒的声音,随后那咔嗒声变成了他所熟悉的吼叫。康普顿让飞机掉过头,躲开疣猪打的洞,轰隆轰隆颠簸着开过两堆火之间的空地,最后又颠了一下便腾空而起。他看见底下的人们在挥手,山丘旁的营地成了平面图,平原一望无际,一片片的树丛和灌木丛成了扁平状,通向干涸水坑的狩猎小道显得很平展。他还看见了一处自己以前所不知道的水源地。斑马显得很小,只能看得见它们那圆滚滚的脊背。牛羚成了蠕动的黑点,昂着巨大的脑袋,像长长的手指一样穿过平原。当飞机投下的影子向它们冲来时,吓得它们四散逃窜。它们小极了,虽疾奔却像是爬行。极目远眺,看得见平原一片灰黄色,而眼前看到的则是康普顿的粗花呢夹克和棕色毡帽。飞机下开始有大山出现了,牛羚群正在往山上爬。从群山上空飞过时,看得见山谷陡峭,那儿的森林郁郁葱葱,坡地上竹林成片。再往前飞,仍是浓密的森林,覆盖了山巅,覆盖了峡谷。飞过森林,山势逐渐平缓,山后又出现了平原。天气炎热,平原上一片紫棕色。飞机在热浪中颠簸着。康普顿回头看了看,看他情况如何。飞着飞着,前边又出现了群山,黑压压的。

后来,他们转了方向,没有继续朝着阿鲁沙飞,而是拐向了左边。他猜想一定是飞机加好了油。往下看,只见一片粉红色的云彩掠过大地,那云彩像筛子眼里筛出来的一样,从空中看,又像是凭空而降的暴风雪袭来时打头阵的飞雪。他知道那是从南方飞来的蝗虫。接下来,飞机开始往高爬,像是朝东方飞,飞着飞着天色黑了下来,原来是遇到了暴风雨,雨点密密麻麻,弄得飞机像是在穿过一道瀑布。暴风雨过后,康普顿回过头咧嘴笑了笑,然后指了指前方,只见那儿矗立着乞力马扎罗山的山巅,方方正正,开阔得不得了,高耸入云,在阳光下白得令人无法相信。他意识到那儿是他的目的地。

就在这时,在一片夜色里,鬣狗不再呜咽,开始发出一种奇怪的声音,跟人的哭声差不多。女人听了,不安地翻了个身,但没有醒来。梦中的她待在长岛的家里,那是女儿步入社交界的头一个夜晚。不知怎么,她的父亲也在场,显得很粗暴。鬣狗的叫声太大,把她从梦中吵醒了。一时间,她不知自己身在何处,不由感到非常害怕。她拿起手电筒,照了照另外的一张床——那张床是哈里睡着后大家抬进帐篷里来的。透过蚊帐,她可以看到哈里的身躯,但不知怎么哈里的一条腿伸了出来,耷拉在小床的一边,绷带都脱落了,让她不忍看下去。

"莫洛!"她喊了起来,"莫洛! 莫洛!"

随后,她叫了几声哈里:"哈里! 哈里!"见对方没答应,她提高了嗓门:"哈里! 请你醒醒! 天呀,哈里!"

她听不到回答,也听不到哈里的呼吸声。

帐篷外,鬣狗又在叫了——正是那奇怪的叫声惊醒了她。但此刻,她却听不见那叫声了,因为她的心怦怦乱跳,心跳声盖过了那叫声。

《欧·亨利短篇小说集》　　　〔美〕欧·亨利　著　　　　　　　张经浩　译

《傲慢与偏见》　　　　　　　〔英〕奥斯丁　著　　　　　　　孙致礼　译

《漂亮朋友》　　　　　　　　〔法〕莫泊桑　著　　　　　　　李玉民　译

《茵梦湖——施笃姆小说集》　〔德〕施笃姆　著　　　　　　　杨武能　译

《基督山伯爵》　　　　　　　〔法〕大仲马　著　　　李玉民、陈筱卿　译

《双城记》　　　　　　　　　〔法〕狄更斯　著　　　　　　　宋兆霖　译

《福尔摩斯全集》　　　　　　〔英〕柯南·道尔　著　　　　许德金等　译

《忏悔录》　　　　　　　　　〔法〕卢梭　著　　　　　　　　陈筱卿　译

《最后一课——都德短篇小说集》〔法〕都德　著　　　　　　　柳鸣九　译

《冰岛渔夫》　　　　　　　　〔法〕彼埃尔·洛蒂　著　　　　桂裕芳　译

《陀思妥耶夫斯基中短篇小说选》〔俄〕陀思妥耶夫斯基　著　　曾思艺　译

《九三年》　　　　　　　　　〔法〕雨果　著　　　　　　　　桂裕芳　译

《恋爱中的女人》　　　　　　〔美〕D.H.劳伦斯　著　　　　　冯季庆　译

《大卫·科波菲尔》　　　　　〔英〕狄更斯　著　　　　　　　宋兆霖　译

《安娜·卡列宁娜》　　　　　〔俄〕托尔斯泰　著　　　　　　智量　译

《罪与罚》　　　　　　　　　〔俄〕陀思妥耶夫斯基　著　　　曾思艺　译

《局外人》　　　　　　　　　〔法〕阿尔贝·加缪　著　　　　柳鸣九　译

《一生》　　　　　　　　　　〔法〕莫泊桑　著　　　　　　　李玉民　译

《阴谋与爱情》　　　　　　　〔德〕席勒　著　　　　　　　　杨武能　译

《邦斯舅舅》　　　　　　　　〔法〕巴尔扎克　著　　　　　　许钧　译

《贝姨》　　　　　　　　　　〔法〕巴尔扎克　著　　　　　　许钧　译

《泰戈尔诗选》　　　　　　　〔印〕泰戈尔　著　　　　　　　北塔　译

《舞姬——森鸥外中短篇小说集》〔日〕森鸥外　著　　　　　　高慧勤　译

《亲和力》　　　　　　　　　〔德〕歌德　著　　　　　　　　高中甫　译

《查泰莱夫人的情人》　　　　〔英〕D.H.劳伦斯　著　　　　　杨恒达　译

《高龙芭智导复仇局》　　　　〔法〕梅里美　著　　　　　　　柳鸣九　译

《在人间》　　　　　　　　　〔苏〕高尔基　著　　　　　　　李辉凡　译

《叶普盖尼·奥涅金》　　　　〔俄〕普希金　　　　　　　　　孙剑平　译

《都兰趣话》　　　　　　　　〔法〕巴尔扎克　　　　　　　　施康强　译

《高尔基短篇小说精选》　　　〔苏〕高尔基　著　　　　　　　李辉凡　译

《流动的盛宴》　　　　　　　〔美〕欧内特斯·海明威　著　　方华文　译

《海明威小说精选》　　　　　〔美〕欧内特斯·海明威　著　　方华文　译

《格列佛游记》　　　　　　　〔英〕乔纳森·斯威夫特　著　　方华文　译

《牛虻》　　　　　　　　　　〔爱尔兰〕

　　　　　　　　　　　艾捷尔·丽莲·伏尼契　著　　　方华文　译

《雾都孤儿》　　　　　　　　〔英〕查尔斯·狄更斯　著　　　方华文　译

未完待续……

图书在版编目(CIP)数据

海明威小说精选/(美)欧内斯特·海明威著;方华
文译. —郑州:河南文艺出版社,2021.3
(外国文学经典/柳鸣九主编)
ISBN 978-7-5559-1068-8

Ⅰ.①海… Ⅱ.①欧…②方… Ⅲ.①中篇小说-
小说集-美国-现代②短篇小说-小说集-美国-现代
Ⅳ.①I712.45

中国版本图书馆 CIP 数据核字(2020)第 210878 号

丛书策划　刘晨芳
本书策划　崔晓旭
责任编辑　崔晓旭
书籍设计　吴　月　　郭昇权
责任校对　殷现堂
责任印制　陈少强

出版发行　河南文艺出版社
本社地址　郑州市郑东新区祥盛街 27 号 C 座 5 楼
邮政编码　450018
承印单位　河南新华印刷集团有限公司
经销单位　新华书店
纸张规格　890 毫米×1240 毫米　1/32
印　　张　5
字　　数　88 000
版　　次　2021 年 3 月第 1 版
印　　次　2021 年 3 月第 1 次印刷
定　　价　26.00 元
